JN298766

漢詩と名蹟

鷲野正明 著

二玄社

はしがき

漢詩文は、今日では主に活字によって親しまれていますが、もともと筆で書かれたものでした。漢詩文に写真をそえたビジュアル本が最近よく出回っていますが、漢詩文と書をともに楽しむビジュアル本はそれほど多くはなかったと思います。書道関係では、書の作品に釈文を施しますが、その書の作品が漢詩文の名作として私たちに親しまれているかどうかは別の問題です。

そこで小著は、日本人に親しまれている漢詩文の名作を読みながら、その書作品をも楽しもうと編纂しました。漢詩文も書道も、それぞれ多くの愛好者がいますが、漢詩文を好む人は活字による理解が主となり、書道を好む人は書くことが主となっているようですので、漢詩文を鑑賞する人は書作品をあわせて鑑賞して書の美しさを味わい、書をたしなむ人は漢詩文をじっくり読んでその内容の深さを知っていただきたいと思います。

小著は、漢詩文の原文を掲げ、書き下し文・口語訳・語釈、あるいは時には簡単な解説をほどこしました。書作品では、今日通行しているテキストと異なる文字が書いてあったり、余分な文字があったり、点画が省略されたり、句が入れかわっていたりしているものがあります。これは、書家の見たテキストが今日のものと異なっていたことが考えられます。また、書家の記憶違いもありましょうし、書に変化をもたせるため、わざわざ異なる文字にすることもあると思います。たとえば『詩経』の作品(一二頁)では「其」を「爾」にしています。「なんじ」の意味で「爾」を使うとき、簡略化して「尓」にする例も多くみられます(二六頁、三九頁など)。意味が同じ場合、あえて異なる文字で書くということもあります。また筆の勢いでちょっと字形が変わった、ということもあるでしょう。小著では、詩人・文章家の個々のテキストに当たり、何種類かのテキストがあり、書作品と同じ文字のテキストがある場合には、書作品の文字に従いました。異体字は正字に直し、通行のテキストと書作品の文字が異なるところは語釈もしくは解説に注記しました。作品の配列は、詩・文の順で、それぞれ作者の時代順としました。押韻は、漢詩創作者の便をはかって、韻字と「平水韻」の韻目を示しました。ただし、古体詩で仄韻の場合、あるいは換韻している場合は、煩を避けて韻目を記していません。

漢詩文の注釈と書作品をともに掲載し、しかも書作品がカラーという本は、これまでにはなかったのではないかと思います。名詩・名文ときれいな書作品を、多くの方に楽しんでいただければ幸いです。

著者記す

目次

漢詩と名蹟

桃夭

桃夭（とうよう）……詩経（しきょう）

桃之夭夭
灼灼其華
之子于帰
宜㆓其室家㆒

桃之夭夭
有㆓蕡其實㆒
之子于帰
宜㆓其家室㆒

桃（もも）の夭夭（ようよう）たる
灼灼（しゃくしゃく）たる其（そ）の華（はな）
之（こ）の子（こ）于（こ）に帰（とつ）ぐ
其（そ）の室家（しっか）に宜（よろ）しからん

桃（もも）の夭夭（ようよう）たる
蕡（ふん）たる其（そ）の実（み）有（あ）り
之（こ）の子（こ）于（こ）に帰（とつ）ぐ
其（そ）の家室（かしつ）に宜（よろ）しからん

桃之夭夭
其葉蓁蓁
之子于歸
宜㆓其家人㆒

桃(もも)の夭夭(ようよう)たる
其(そ)の葉(は)蓁蓁(しんしん)たり
之(こ)の子于(ここ)に帰(とつ)ぐ
其(そ)の家人(かじん)に宜(よろ)しからん

桃の木の若々しく、
燃えたつように輝く赤い花。
この子がお嫁に行ったなら、
きっとあの家の人々に歓迎されるであろう。

桃の木の若々しく、
ふっくら実ったその実。
この子がお嫁に行ったなら、
(やがて赤ちゃんができて)あの家の人々となじみ深くなるであろう。

桃の木の若々しく、
青々と茂るその葉。

【詩形】四言古詩
【押韻】華、家(下平声・六麻)/実、室(入声・四質)/蓁、人(上平声・十一真)
◉夭夭　樹木の若々しいさま。◉灼灼　花が燃えるように赤いさま。嫁ぎ行く娘の美しさを暗示する。◉之子　嫁ぐ娘。◉于帰　「于」は助詞。「帰」は「嫁」と同義で「嫁入りする」の意。◉宜　よく調和する。◉室家　夫婦によって作られる家庭。◉蕡　果実が充実してふっくらしているさま。◉家室「室家」と同じ。押韻のため倒置した。◉蓁蓁　葉が盛んに茂っているさ

この子がお嫁に行ったなら、
あの家の人々に喜ばれて家が栄えるであろう。

『詩経』は中国最古の詩集。「風」「雅」「頌」の三部構成で、「風」はさらに十五の国ごとに歌が分類され、四言の調べにのせて民の素朴な「おもい」が詠われている。この詩は「風」の最初の「周南」に収録されている。一句が四字、一章が四句、全三章でできている。各章の第一句と第三句はくりかえし。第二句と第四句は換韻し、「夭夭」「灼灼」など、同じ語を重ねた語句を多用している。『詩経』の典型的な形式である。

この詩は、今日では婚礼の時にうたわれた歌とされる。古代中国では、男の婚期は二十歳から三十歳まで、女は十五歳から二十歳までとされ、旧暦の二月に婚礼を執り行うものとされていた。ちょうど桃の花が咲く時節である。

歌によって樹木をほめたたえることは、それによって神を木に宿らせ、神の福禄にあずかろうとする祈願の一種であった。特に桃は、邪気を払い、懐妊や安産に効験がある呪木とされてきた。桃をたたえることは、明るく平和な家庭を祈ることになり、「実」は将来の子沢山を、「葉」は一族の繁栄を予祝するものとして詠われる。明るく素朴で、幸せをさそう歌である。

ま。◉其　その。図版は「爾」になっているが、意は同じ。◉家人　家族の人。

副島種臣（一八二八～一九〇五）

幕末・明治期の政治家。号は蒼海。佐賀藩士。幕末、志士として活躍。維新後は、参議・外務卿として活躍。外務卿在任中、マリア・ルーズ号事件の解決にあたった。征韓論によって退いた後、枢密顧問官、内相を歴任。漢詩、書を得意とした。

詩経「桃夭」　副島種臣書　佐賀県立美術館

離騷

離騷 …………………………………………………………… 屈原

帝高陽之苗裔兮
朕皇考曰伯庸兮
攝提貞於孟陬兮
惟庚寅吾以降
皇覽揆余於初度兮
肇錫余以嘉名
名余曰正則兮
字余曰靈均
紛吾既有此內美兮
又重之以脩能

帝高陽の苗裔にして
朕が皇考を伯庸と曰う
摂提　孟陬に貞しく
惟れ庚寅に吾以て降れり
皇覧て余を初度に揆り
肇めて余に錫うに嘉名を以てす
余に名づけて正則と曰い
余に字して霊均と曰う
紛として吾既に此の内美有り
又た之に重ぬるに脩能を以てす

扈三江離與二辟芷一兮
紉二秋蘭一以爲レ佩
汩余若レ將レ弗レ及兮
恐三年歲之不二吾與一
朝搴二阰之木蘭一兮
夕攬二洲之宿莽一
日月忽其不レ淹兮
春與レ秋其代序
惟二草木之零落一兮
恐二美人之遲暮一
不二撫レ壯而棄一レ穢兮
何不レ改二乎此度一
乘二騏驥一以馳騁兮

江離と辟芷とを扈り
秋蘭を紉いで以て佩と為す
汩として余将に及ばざらんとするが若くし
年歳の吾と与にせざるを恐る
朝には阰の木蘭を搴り
夕には洲の宿莽を攬る
日月は忽として其れ淹まらず
春と秋と其れ代序す
草木の零落を惟い
美人の遅暮を恐る
壮を撫して穢を棄てず
何ぞ此の度を改めざる
騏驥に乗りて以て馳騁せば

來吾道夫先路

来(き)たれ吾夫(われか)の先路(せんろ)を道(みちび)かん

私は帝高陽の子孫で、
亡き父は字(あざな)を伯庸という。
私は寅年の正月、
庚寅(かのえとら)の良き日に生まれた。
父はこのよき生まれ合わせを見て、
はじめて良い名を付けてくださった。
その名は正則、
字(あざな)は霊均といった。
私は生まれながらに美しい性質と、
その上すぐれた才能をかねそなえている。
ちょうど香り草の江離と辟芷とを身につけ、
秋蘭をつないで佩びものとしているようなものである。
水のように早く流れる時に、とても追いつけないと心あせり、
年月が私を待ってくれないことを恐れて、
朝には岡の上の木蘭の花を摘み、
夕べには小島の宿莽を採って修養した。

【詩形】 楚辞
【押韻】 庸、降／名、均／能、佩／与、莽／序、暮／度、路
◉帝高陽　五帝の一人、顓頊(せんぎょく)。五帝には諸説あるが、普通、黄帝・顓頊・帝嚳(ていこく)・帝堯・帝舜をいう。◉之　接続助詞。の。◉苗裔　子孫。◉兮　助詞。音はケイ。リズムを整えるもので、意味はない。◉朕　自分のことを言う。皇帝の自称として用いられるのは秦の始皇帝以後。◉皇考　今はなき尊い父。「皇」は最高の尊称。「考」は亡父。◉曰　～を～と言う。◉伯庸　亡父の名前。◉摂提　寅年。◉貞　正しい。◉於　置き字。調子を整える。「于」に作るテキストもある。◉孟陬　年のはじめの正月。「孟」は初め、「陬」は正月の別名。◉惟　発語の

日月はたちまち過ぎ去って、
春かと思うとすぐ秋が来て、
草木の葉の枯れ落ちるのを思い、
若く優れている我が身の老いていくのを恐れている。
我が君は何故に賢臣を愛したまわず、悪臣を近づけたもうのか。
どうしてその態度をいつまでもお改めにならないのか。
駿馬に車を引かせて思う存分お馳せなさるなら、
さあ、その時こそ、私が先導つかまつりましょう。

「離騒」（「離騒経」とも言う）は屈原の代表作。「憂いにあう」（「離」は遭う、「騒」は憂い）、あるいは「別れの愁い」（「離」は別れ、「騒」は愁い）という意味である。三七五句からなる長編の抒情的叙事詩で、屈原の祖国を愛する心と悪を憎む激しい感情が吐露されている。基本の句型は七言「□□□□□□兮」と六言「□□□□□韻」からなる聯がくりかえされる。

全篇は前後の二大段に分かれ、前段（第八小段まで）は屈原自らの家系・出生と、徳性・才能のすぐれていることを誇り、楚の国の懐王を補佐して理想の政治を行おうとして讒言に遭い、失脚したことを述べる。清廉高潔の身を以て汚濁の世に処する苦悩と憤懣が切々と詠われる。後半（第九小段以降）は、一転して、天地上下を遍歴して女神を求め結婚し

辞。◉庚寅　かのえとらの日。◉降　生まれる。母胎から下って生まれる、の意。◉覧　見る。◉皇　皇考のこと。◉揆　考えはかる。◉初度　生まれたときの様子、条件。顔かたちや様子、生年月日などをいう。◉肇　はじめに。◉錫　「賜」と同じ。くださる。◉以　～を。◉嘉名　めでたくよい名前。◉正則　正しい則(のり)。屈原の名の平の義は正則なので、名を隠して義をとったとする説がある。◉霊均　屈原の字（あざな）原の義は、地の善（霊）にして均平なので、正則とおなじく名を隠して義をとったとする説がある。◉紛　盛んなさま。◉既～又～した上にまた。◉内美　先天的な立派な性質。◉重之以～　その上さらに～を兼ね備える。◉脩能　すぐれた才能。「脩」は「長」の意。「能」は才能。また、ものごとに耐える能力。◉扈　身にまとう。◉江離・辟芷　ともに香草の名。◉与　「A

ようとする。しかし望みは叶えられず、ついに現実の世に戻り、故国の楚に仕えるべき人のないことを嘆いて国に殉じる決意を示す。

通釈は、前段第一小段の部分。四句ずつの六節に分けることができる。第三節に見える香草香木は、霊鳥などとともに全篇を通じて美や徳の譬喩として詠われる。第四節は焦燥をともなう老嘆、第五節は季節の転換から老嘆を詠う。

屈原（前三四三〜前二七七頃）

戦国時代末期、楚の人。名は平、字は原。また一説に、名は正則、字は霊均。楚の国の貴族に生まれ、懐王のとき三閭大夫となった。博覧強記で、治乱に明るく辞令に長じ、懐王の信任を得たが、上官大夫にその才能がねたまれ、讒言によって疎んじられた。次の傾襄王の時に再び讒言にあい、失意のうちに洞庭湖のあたりをさまよい、憂憤して汨羅に入水して死んだ。屈原は中国古代の最も偉大な天才詩人で、想像に富み、渾厚壮美な詞句をもって、忠貞孤憤の志と幽苦の情を吐露し、古今の絶唱を作りあげた。作品には「離騒」「天問」「九歌」「九章」等があり、漢の劉向が宋玉・景差らの作品と合わせて『楚辞』を編纂した。

与B」の形で、AとBと。◉紉　つなぐ、続ける。◉秋蘭　秋に花が咲く蘭。◉以為　それで〜を作る。◉佩　帯びもの。◉汩　水が速く流れるさま。◉若　〜のように。◉将　まさに〜せんとす。再読文字。◉弗及　追いつけない。◉恐　恐れる。◉年歳　年月　◉与　ともにする。「不吾与」で、私とともに過ぎてはくれない、私を待っていてくれない。◉搴　とる。抜き取る。◉阰　大きい岡。◉木蘭　木蓮。◉攬　とる、摘み取る。◉洲　小島。図版は「中洲」になっているが、通行のテキストには「中」がない。◉宿莽　冬も枯れない草。木欄とともに、身を清らかにすることをいう。精神修養することにたとえる。◉忽　たちまち。◉淹　留まらない。◉代序　代わる代わる、規則正しく移り変わる。◉惟　思う。◉零落　草木の葉が枯れ落ちる。草には「零」といい、木には「落」

文徴明（一四七〇～一五五九）

明、江蘇省長洲（蘇州市）の人。初めの名は璧。ふつう字の徴名で呼ばれる。別号は衡山。幼い時はあまり賢くなかったが、やや長じて鋭鋒をあらわした。文は呉寛に、書は李応禎に、画は沈周に学んだ。祝允明、唐寅、徐禎卿と切磋して、名が知れ渡った。正徳の末年、翰林院待詔を授けられた。辞職後は、玉磬山房を築いて逍遙吟詠し、詩文書画に耽った。詩文書画を求める者が跡をたたなかったというが、権門富貴とは交際しなかった。小楷、行書、草書は智永の筆法を得、大書は黄庭堅（山谷）のもっとも佳いところに倣い、風に美しい花が舞い、泉に竹が鳴る風情がある、と評される。『甫田集』がある。

という。◉美人　立派な人。君主を指すという説と、若くて盛んな人を指すという説がある。◉遅暮　年老いること。◉撫壮　壮美なる者（賢臣）を愛する。ここは「不撫壮」と、賢臣を愛さないことを言う。◉棄穢　けがれた者（悪臣）を棄てる。ここも「不」がかかっていて、悪臣を棄てずに、近づけていることを言う。◉何不改乎　どうして改めないのか。◉此度　この態度。図版はこの語の下に「也」があるが、通行のテキストにはない。◉騏驥　一日に千里を走るという名馬。◉馳騁　思う存分駆ける。◉来　さあ。誘導する言葉。◉道　導く。◉先路　進むべき道。

離騒経

帝高陽之苗裔兮朕皇考曰伯庸攝提貞扵孟陬兮惟
庚寅吾以降皇覽揆余扵初度兮肇錫余以嘉名名余
曰正則兮字余曰靈均紛吾既有此内美兮又重之以
脩能扈江離與辟芷兮紉秋蘭以爲佩汨余若將弗及
兮恐年歲之不吾與朝搴阰之木蘭兮夕攬中洲之宿
莽日月忽其不淹兮春與秋其代序惟草木之零落兮
恐美人之遲暮不撫壯而棄穢兮何不改乎此度也乘
騏驥以馳騁兮来吾道夫先路昔三后之純粹兮固衆

屈原「離騒」第一～六節　文徴明書　東京国立博物館

飲酒二十首

飲酒二十首（うち三首）……陶淵明

其一

衰榮無㆓定在㆒
彼此更共㆑之
邵生瓜田中
寧似㆓東陵時㆒
寒暑有㆓代謝㆒
人道毎如㆑茲
達人解㆓其會㆒
逝將㆑不㆓復疑㆒
忽與㆓一觴酒㆒

其の一

衰栄　定在無く
彼此　更ごも之を共にす
邵生　瓜田の中
寧ぞ東陵の時に似んや
寒暑　代謝有り
人道　毎に茲くの如し
達人は其の会を解し
逝ゆく将に復た疑わざらんとす
忽ち一觴の酒と

日夕懽相持

日夕(にっせき) 懽(たの)しみて相(あい)持(じ)す

衰えることと栄えることは、一か所に長く続くことはない。
人はみなそれぞれ衰えたり栄えたりする。
秦の邵平が瓜畑にいる姿は、
かつて東陵侯だった頃とは似ても似つかない。
寒暑が入れ替わるように、
人間もまたそうなのである。
達人はこうした理をよくわきまえていて、
決して疑うことなく、そこに身をゆだねようとする。
さて、私はと言えば、たまたま思いがけなく手に入った酒を前に、
楽しく夕べを過ごすのだ。

【詩形】五言古詩
【押韻】之、時、茲、疑、持（上平声・四支）
◉衰栄　衰えることと栄えること。◉定在　一定のあり場所。◉彼此　あの人もこの人も。◉更共之　かわるがわる衰えたり栄えたりする。◉邵生　秦の時代の東陵侯・邵平。秦が漢に滅ぼされると、二度と官につかず、長安の町の東で瓜を栽培して暮らした。◉寧似　どうして似ていようか、似ていない。◉代謝　入れ替わる。◉人道　人間を支配する法則。◉毎如茲　いつもそのようである。◉達人　世界を支配する法則・道理に通じている人。『荘子』や『列子』に見える。◉解　理解する。◉其会　法則の要となっている点。◉逝将　やがてそう

陶淵明「飲酒二十首」其一　王穀祥書　上海博物館

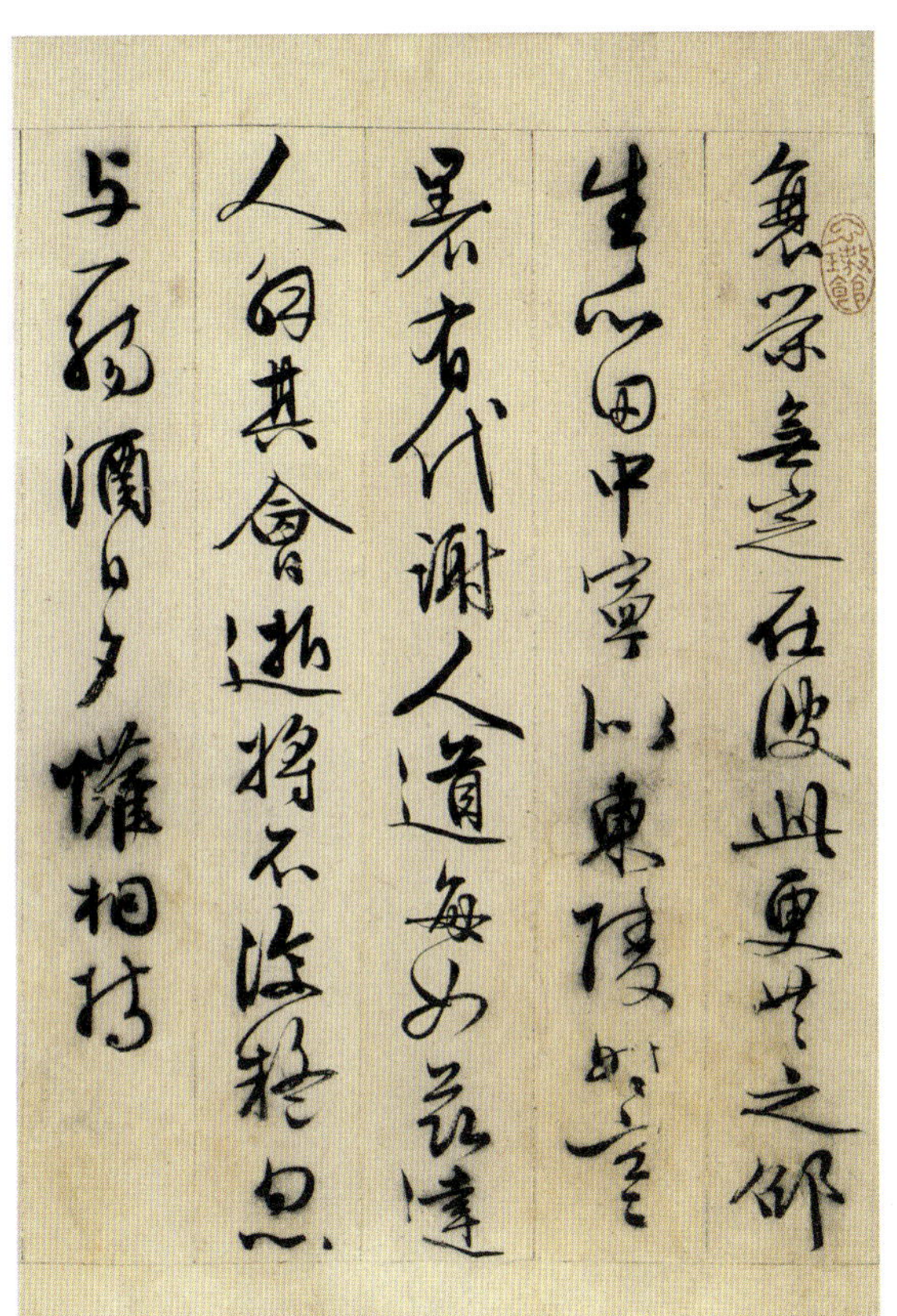

なろうとする。◉不復疑　決して疑わない。◉忽　たまたま思いがけなく。◉一觴酒　一杯の酒。「一樽酒」に作るテキストもある。◉日夕　夕方。◉懽　喜ぶ。「歓」に作るテキストもある。◉相持　酒をいとおしむ。「相」は、「互いに」の意ではなく、「相手を」の意。ここは酒を指す。

其五

結レ廬在二人境一
而無二車馬喧一
問レ君何能爾
心遠地自偏
採レ菊東籬下
悠然見二南山一
山氣日夕佳
飛鳥相與還
此中有二眞意一
欲レ辨已忘レ言

其の五

廬を結んで人境に在り
而も車馬の喧しきこと無し
君に問う　何ぞ能く爾るやと
心遠ければ　地自ずから偏なり
菊を採る　東籬の下
悠然として南山を見る
山気　日夕に佳く
飛鳥　相い与に還る
此の中に真意有り
弁ぜんと欲して已に言を忘る

世俗の人が住んでいる町のなかに庵をかまえる。

それでいて訪れてくる役人の車馬の喧噪はない。

人は問う、どうしてそのようにできるのかね、と。

心が俗界と無縁なはるか遠い境地にあるから、住んでいる土地がおのずから辺鄙になるのさ。

菊を東の垣根のあたりで摘み、
ゆったりとした気持ちで頭を上げると南に悠然とそびえる山が目に入る。

山のたたずまいは夕ぐれどきは特に美しく、
鳥は連れだってねぐらへと帰って行く。

ここにこそ、真のすがたがある。

しかし、それを言葉にあらわそうとすると、もう言葉を忘れてしまうのである。

【詩形】五言古詩
【押韻】喧、偏、山、還、言
◉結廬　粗末な家をかまえる。◉人境　俗人が住んでいる町のなか。当時の隠者の多くは山奥に住んでいた。◉而　それでいて。それなのに。逆説の用法。◉車馬喧　訪れてくる車馬の騒がしさ。車馬は官吏の乗り物。◉問君　君に～とたずねる。人が問う。自問自答の用法。図版では「君」が「之」になっている。◉何能爾　どうしてこのようにできるのか。一・二句のことがらを指す。図版の「尓」は「爾」と同じ。◉心遠　心が俗界と無縁なはるか遠い境地にある。◉地自偏　住んでいる土地がおのずから辺鄙になる。◉采菊　菊の花を摘む。「采」に作るテキストもある。◉東籬下　東の垣根のあたり。「籬」は柴や竹を編んだ垣。◉悠然　ゆったりとした気持ちで。◉見南山　南に悠然とそびえる山（廬山）がふと目に入

陶淵明「飲酒」其五　王穀祥書

陶淵明「飲酒」其十五　王穀祥書

る。◉山気　山の雲気。山のたたずまい。◉日夕佳　夕暮れは特に美しい。◉飛鳥　空を飛ぶ鳥。◉相与還　連れだって巣へ帰る。◉

此中　ここにこそ。◉真意　真のすがた。真理。◉欲弁　言葉であらわそうとする。◉已忘言　はやくも言葉を忘れてしまう。

其十五

貧居乏㆓人工㆒
灌木荒㆓余宅㆒
班班有㆓翔鳥㆒
寂寂無㆓行跡㆒
宇宙一何悠
人生少㆑至㆑百
歳月相催逼
鬢邊早已白
若不㆑委㆓窮達㆒
素抱深可㆑惜

其(そ)の十五(じゅうご)

貧居(ひんきょ)　人工(じんこう)に乏(とぼ)しく
灌木(かんぼく)　余(よ)が宅(たく)に荒(あ)る
班班(はんぱん)として翔鳥(しょうちょう)有(あ)り
寂寂(せきせき)として行跡(こうせき)無(な)し
宇宙(うちゅう)　一(いつ)に何(なん)ぞ悠(ゆう)なる
人生(じんせい)　百(ひゃく)に至(いた)ること少(まれ)なり
歳月(さいげつ)　相(あ)い催(うなが)し逼(せま)り
鬢辺(びんぺん)　早(はや)くも已(すで)に白(しろ)し
若(も)し窮達(きゅうたつ)に委(ゆだ)ねずんば
素抱(そほう)　深(ふか)く惜(お)しむべし

貧しい住まいは手入れがゆきとどかず、
灌木が荒れ放題に我が家をおおう。
鳥は飛んで木々に集まるが、
我が家はひっそりとして訪れる者もない。
宇宙は何とはるかに果てしないことか。
それに比べ、人の寿命は百歳に到ることさえまれである。
歳月がせきたてて迫り、
鬢のあたりは早くもすでに真っ白だ。
もし運命に身を委ねないなら、
平素抱いているおもいが損なわれ、ひどく惜しむことになろう。

「飲酒」はすべて二十首、酒を飲むつれづれに作った詩である。
其の一は、変転きわまりない世の中、自分は達人ではないので、夕暮れにたまたま手に入れた酒を心ゆくまで楽しむのだ、と詠う。其の五は、心の持ちようで住んでいる場所も生き方もすばらしいものになる、と詠う。陶淵明の詩のなかでもっとも有名な詩である。其の十五は、短い人生、運命に身を委ねて生きるべきことを詠う。

【詩形】五言古詩
【押韻】宅、跡、百、白、惜（入声・十一陌）
◉貧居　貧しい住まい。◉乏　とぼしい。ゆきとどかない。◉人工　手入れ。◉灌木　群がり生える木。『詩経』周南に「黄鳥ここに飛び、灌木に集（とどま）る」とある。◉荒　荒れ放題。また、おおう。◉班班　明らかに。くっきりと。◉翔鳥　飛ぶ鳥。◉寂寂　ひっそりと。◉行跡　人の足あと。◉宇宙　宇宙。時間・空間をいう。◉一何悠　何とはるかに果てしないことか。「一」は強調の語。「何」は詠嘆の語調。「悠」は、はてしなくひろがっていること。◉人生　人の一生。◉少至百　百歳まで生きるのはまれ。『列子』楊朱篇に「百年は寿の大斉にして、百年を得る者は千に一もなし」とある。◉相催逼　せきたて迫る。「相」は行為の及ぶ方向を示す。◉鬢辺　鬢のあたり。図版は「鬢髪」になっ

陶淵明（三六五〜四二七）

東晋、潯陽柴桑（江西省九江市）の人。字は淵明。一説に、淵明を諱（本名）、字を元亮とする。曾祖父の陶侃は晋の名将、祖父は太守をした家柄だったが、陶淵明の時には没落していた。農耕と学問に励み、二十九歳に江州祭酒（県の教育長）となり、以後十三年間断続的に官僚生活を送る。その間、長江上流の荊州や都の健康（南京）に赴いたり、戦争に従事したりした。四十一歳の時、彭沢の県令になったが、上役である郷里の若僧に、わずかな給料のために腰を曲げるのがいやで、即刻辞職して郷里に帰った。その時の心境を述べたのが「帰去来の辞」である。以後死ぬまでの二十年余り、田園に暮らし、静かな隠者の暮らしぶりを素朴なタッチで詩に詠い続けた。『陶淵明集』十巻がある。

王穀祥（一五〇一〜一五六八）

明、南京長洲（江蘇省南京市）の人。字は祿之、号は酉室。嘉靖八年（一五二九）の進士。庶吉士を改められ、工部主事から吏部文選員外郎に転じた。辞職して家居すること二十年、隆慶（一五六七〜一五七二）の初め南吏部に起用されたが受けなかった。尚書の汪鋐に逆らい、真定通判に左遷された。書は晋人に倣い、王羲之を貶めなかったという（皇甫汸『司勲集』）。

ている。平仄の関係では「辺」の方がよい。◉早已白　早くもすでに真っ白。◉若　もし〜ならば。仮定を表す。◉委　委ねる。◉窮達　行きづまることと道がひらけること。運命。◉素抱　平素から抱いているおもい。◉深可惜　とても惜しむべきことになる。

過故人莊

故人（こじん）の荘（そう）に過（よぎ）る

孟浩然（もうこうねん）

故人具㆓雞黍㆒
邀㆑我至㆓田家㆒
綠樹村邊合
青山郭外斜
開㆑筵面㆓場圃㆒
把㆑酒話㆓桑麻㆒
待㆑到㆓重陽日㆒
還來就㆓菊花㆒

故人（こじん）　雞黍（けいしょ）を具（そな）え
我（われ）を邀（むか）えて田家（でんか）に至（いた）る
緑樹（りょくじゅ）　村辺（そんぺん）に合（がっ）し
青山（せいざん）　郭外（かくがい）に斜（なな）めなり
筵（むしろ）を開（ひら）きて場圃（じょうほ）に面（めん）し
酒（さけ）を把（と）りて桑麻（そうま）を話（はな）す
重陽（ちょうよう）の日（ひ）に到（いた）るを待（ま）ちて
還（ま）た来（き）たりて菊花（きくか）に就（つ）かん

古なじみが鶏と黍のご馳走を用意して、
私を田舎の家に招いてくれた。
緑の木々が村のあたりを囲み、
青い山々が村を囲む土塁のかなたに斜めに続いている。
庭先の広場に向かって宴席を設け、
酒を手にとって桑や麻の出来を話す。
重陽の節句になったら、
また訪ねて来て菊の花を見たいものだ。

友人の別荘を訪ねたときの喜びを詠った詩。真心のこもったもてなし、田舎の風景、友人との語らいを淡々と描写し、最後に再訪の希望を述べて結ぶ。陶淵明の隠逸の世界を下敷きにした味わい深い詩である。元の方回は「此の詩、句句自然にして、刻画の迹無し」と評している。

孟浩然（六八九～七四〇）

盛唐、襄陽（湖北省襄樊市）の人。名は浩。字は浩然。科挙に及第できず、各地を放浪したり、鹿門山に隠棲したりして、年四十にして初めて京師に出て、張九齢や王維と親交を結んだ。のち、張九齢が荊州に左遷されたとき、召されて属官となったが、張九齢の退官とともに辞め、

【詩形】五言律詩
【押韻】家、斜、麻、花（下平声・六麻）
◉過　訪ねる。◉故人　昔からの馴染み。親友。◉荘　別荘。◉具　用意する。◉雞黍　鶏の料理と黍の飯。農家のご馳走をいう。◉邀　招く。◉田家　田舎の家。◉緑樹　緑の木々。◉村辺　村のあたり。◉合　つらなってとりまく。◉青山　青々とした山。◉郭外　村を取り巻く土塁のむこう。◉開筵　宴席を設ける。「筵」はむしろ。「軒」に作るテキストもある。「軒」は窓。◉面　向かう。◉場圃　「場」は、穀物を脱穀する場所。「圃」は、野菜畑。秋冬になると野菜畑を脱穀場にする。『詩興』豳風・七月に「九月場を圃に築く」とあり、鄭玄の注に「場と圃とは同地なり。物生ずるの時より、之を耕治して以て菜茹を種え、物尽く成熟するに至り、築き固めて以て場となす」とある。庭

以後は官途に恵まれなかった。詩は、陶淵明の流れを汲んで平淡清雅、自然山水に優れる。「王孟」と並称される。『孟浩然集』四巻がある。

張瑞図（一五七〇頃～一六四一頃）

明、福建省晋江の人。字は長公、号は二水。萬暦三十五年（一六〇七）の進士。少詹事兼礼部侍郎、礼部尚書となった。官は大学士に至ったが、のち民に落とされた。山水を得意とし、もっとも書に巧みだった。邢侗、米萬鍾、董其昌と名を斉しくした。書は「奇逸」と称される。

先の広場。◉把酒　酒を手に取る。◉話桑麻　桑や麻の育ち具合を話す。陶淵明の「園田の居に帰る」に「相見て雑言無く、但だ道う桑麻長びたりと」とある。◉待到　～になるのを待つ。◉重陽日　陰暦の九月九日。重陽の節句。高い所に上ったり、菊花の酒を飲む習慣があった。◉還　また。◉就菊花　近づいて菊の花をめでる。「就」は、近づく。よる。

孟浩然「過故人荘」 張瑞図書

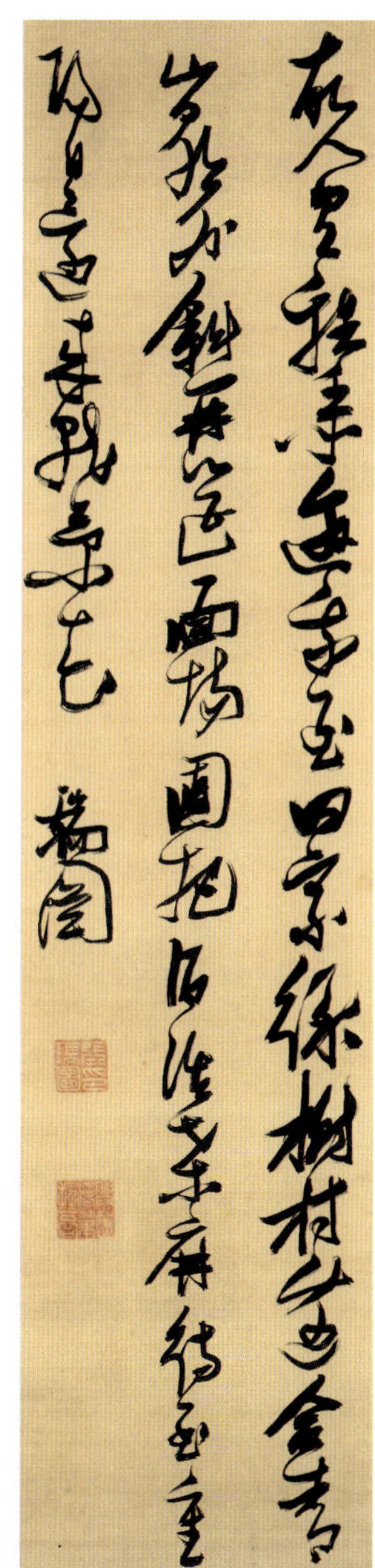

晩歸故園二首

晩(くれ)に故園(こえん)に帰(かえ)る二首(にしゅ)（うち一首）……李(り) 頎(き)

其二

荊扉帶二郊郭一
稼穡滿二東菑一
倚レ杖寒山暮
鳴レ梭秋葉時
回雲覆二陰谷一
返景照二霜梨一
澹泊眞吾事
清風別自茲

其(そ)の二(に)

荊扉(けいひ) 郊郭(こうかく)に帯(お)び
稼穡(かしょく) 東菑(とうし)に満(み)つ
杖(つえ)に倚(よ)る 寒山(かんざん)の暮(くれ)
梭(ひ)に鳴(な)る 秋葉(しゅうよう)の時(とき)
回雲(かいうん) 陰谷(いんこく)を覆(おお)い
返景(へんけい) 霜梨(そうり)を照(て)らす
澹泊(たんぱく) 真(まこと)に吾(わ)が事(こと)
清風(せいふう) 別(べつ)に自(おの)ずから茲(しげ)し

粗末な小屋が郊外につらなり、
東の田はいまや刈り入れを待つばかり。
夕暮れ時、寒々とした山に杖をついて来ると、
秋の葉はハラハラと音をたてて散る。
雲は谷をめぐって覆い、
夕陽が梨の紅い葉を照らす。
さっぱりとして無欲、とは、まさに私の事。
清らかな風が自ずから特別に吹いてくる。

故郷に帰り、恬淡無欲な生活をしていることを詠う。その生活を支える風景は美しい。田圃には穀物が刈り入れを待つばかりに実り、山には紅葉が機織りの「ヒ」のようにハラハラ散る。低く垂れ込めた雲の下から沈みかけた夕陽がさし、梨の紅い葉をいっそう紅く染めている。自ずから清風が特別に吹いてくる、というのも肯けよう。陶淵明（とうえんめい）の世界に通じる。

李頎（りき）（?～?）
唐の人。開元二十三年（七三五）の進士。新郷県の尉となった。俗世をいとい、仙術を研究していたという。

【詩形】 五言律詩
【押韻】 菑、時、梨、茲（上平声・四支）
◉故園　故郷。「東園」に作るテキストもある。◉荊扉　いばらの扉の粗末な家。刈り入れの時期に建てられる小屋か。◉帯　連なりつづく。めぐる。◉郊郭　城郭を出た郊外。◉稼穡　植え付けと刈り入れ。◉満　「向」に作るテキストもある。◉東菑　東の田。◉倚杖　杖をつく。◉寒山暮　夕暮れ時の寒々とした山。◉鳴梭　機織りの「ひ」を鳴らす。そのような葉音。◉秋葉時　木の葉が散る秋の時。◉回雲　めぐる雲。「回」は「迴」に作るテキストもある。◉覆陰谷　谷を覆う。◉返景　夕陽。◉照霜梨　霜にうたれて紅くなった梨の葉を照らす。◉澹泊　さっぱりとして無欲。◉真　本当に。◉吾事　私のこと。◉清風　清らかな風。◉別自茲　特別に自ずから多い。「別

王鐸（おうたく）（一五九二〜一六五二）

清、河南省孟津の人。字は覚斯、号は嵩樵。明の天啓二年（一六二二）の進士。官は大学士。清になっての官は礼部尚書。書法に巧みで、「書法の始めは帖に入ることが難しく、次ぎに難しいのは帖から出ることだ」「草書を作るには、嵩山の絶頂に登ったような気持ちが必要だ」と言う。字を書くことを自らに課し、一日置きに帖を臨書し、終生これを変えなかったという。遺帖に『擬山園帖』『琅華館帖』がある。

有資」に作るテキストもある。

李頎「晩帰故園二首」其二　王鐸書

寄韓鵬

韓鵬(かんぽう)に寄(よ)す……李(り)　頎(き)

爲レ政心閒物自閒
朝看飛鳥暮飛還
寄レ書河上神明宰
羨爾城頭姑射山

政(まつりごと)を為(な)して心間(こころかん)なれば　物自(ものおの)ずから間(かん)なり
朝(あした)に看(み)る飛鳥(ひちょう)　暮(くれ)に飛(と)び還(かえ)る
書(しょ)を寄(よ)す　河上(かじょう)　神明(しんめい)の宰(さい)
羨(うらや)む　爾(なんじ)が　城頭(じょうとう)　姑射(こや)の山(やま)

政治を行うのに、心がおだやかであれば、万事が自然にしずかに治まっていく。
朝、飛び立った鳥が夕暮れになると自然にねぐらに帰ってくるように。黄河のほとりの地を治め、神のような賢明な長官に、この手紙を書き送る。
君の治める町の近くには姑射山があるという、実に羨ましい限りだ。

政治は心をおだやかにし、すべてが自然にかなうようにすればよい。君はそれを実践している神明な宰である、と褒め称えた詩。四句目に「姑射山」が近くにあって羨ましいというのは、仙術を研究していたという作者らしい発想。前半の二句ともうまく呼応している。

陳鴻寿（ちんこうじゅ）（一七六八〜一八二二）

清、浙江省銭塘の人。字は子恭、号は曼生。官は江南海防同知。画と鉄筆に巧み。詩文書画はみな姿勢がよく、篆刻は秦・漢を追求した。「八分書」はもっとも簡古超逸、と評される。著に『桑連理館集』『種榆仙館詩集』、印譜に『種榆仙館摹印』『種榆仙館譜』などがある。

【詩形】七言絶句
【押韻】間、還、山（上平声・十五刪）
◉寄　手紙を書き送る。「寄」は遠くにいる人に送る。◉韓鵬　人物は不明。山西省臨汾県あたりの県令をつとめていたようである。◉為政　政治を行う。◉心間　心がおだやか、しずか。◉物自間　万事が自然にしずかに治まっていく。◉河上　黄河のほとり。漢の文帝に『素書』一巻を授けたという仙人・河上公を連想させる。◉神明宰　神のように賢明な県令。漢の班伯が定襄太守になったとき、十日にして潜伏する者を捕らえて神明とたたえられた、など、神明とたたえられる例は多い。◉羨爾　あなたの〜を羨む。図版は「爾」が俗字の「尓」になっている。◉城頭　町のちかく。◉姑射山　山西省平陽にある山。また、仙山の名。『荘子』逍遙遊篇に「藐姑射の山に神人有りて居る。肌膚は氷雪の若く、淖約として処子の若し」

とある。

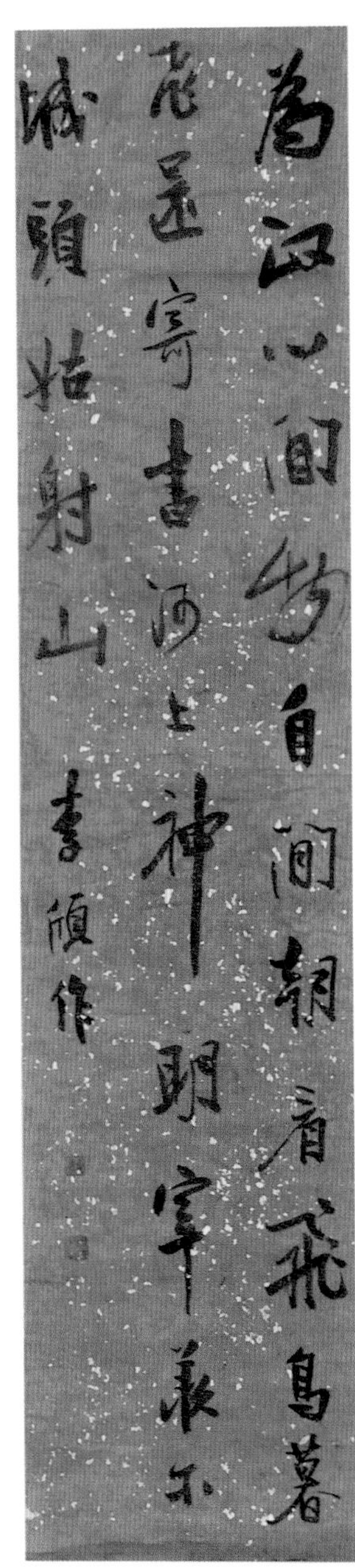

李頎「寄韓鵬」陳鴻寿書

早朝

早に朝す …… 王維

柳暗百花明
春深五鳳城
城鴉睥睨曉
宮井轆轤聲
方朔金門侍
班姫玉輦迎
仍聞遣方士
東海訪蓬瀛

柳は暗く　百花明らかに
春は深し　五鳳城
城鴉　睥睨の暁
宮井　轆轤の声
方朔　金門に侍し
班姫　玉輦迎う
仍お聞く　方士を遣わして
東海に蓬瀛を訪わしむと

柳はほの暗く、たくさんの花は色とりどりに明るく、
春の気配はことのほか五鳳城に深い。
烏が城壁のひめがきのあたりを飛ぶ暁、
宮中の井戸では水を汲む轆轤の音が響く。
東方朔は金馬門にはべり、
班婕妤は玉輦で迎えられる。
そのうえ、方士らを東海に遣わして
蓬瀛を訪ねさせたという。

首聯（一・二句）は、長安の春の朝の艶冶な雰囲気を詠って絶妙。頷聯（三・四句）は、題名「早朝」の「早」を詠い、頸聯（五・六句）は「朝」を詠う。四句目の「宮井轆轤の声」は意味深長で、六句目の班姫の伏線になっている。当然三句目は五句目と関連する。頸聯（五・六句）で漢の時代を詠い、尾聯（七・八句）で秦の時代を連想させ、乱れた政治への批判をこめる。

王維（七〇一?～七六一）
盛唐、山西省太原の人。字は摩詰。幼少より詩・書・画の才能を発揮し、開元七年（七一九）二十一歳で進士に及第した。安禄山の乱のとき

【詩形】五言律詩
【押韻】明、城、声、迎、瀛（下平声・八庚）
◉早朝　「早」は夜明け。「朝」は朝廷へ出勤すること。◉柳暗　柳が繁ってほの暗い。◉百花明　たくさんの花が色とりどりに咲いて明るい。◉五鳳城　鳳城、丹鳳城とも。長安を言う。◉城鴉　城壁のあたりを飛ぶ烏。◉睥睨　ひめがき。城壁の上のかきね。敵を窺い見るので言う。◉宮井　宮中の井戸。◉轆轤　井戸の桶を巻き上げる装置。図版は「轤轆」になっているが、これは平仄の規則に合わない。図版には入れ替える記号がついている。◉方朔　漢の東方朔。漢の成帝に重用された。◉金門　金馬門。◉侍　はべる。目上の人のそばに近くに仕える。◉班姫　班婕妤。成帝に寵愛され、外出するとき同じ輦に乗った。◉玉輦　天子が乗る車。◉仍　そのうえに。◉聞　聞いている。◉

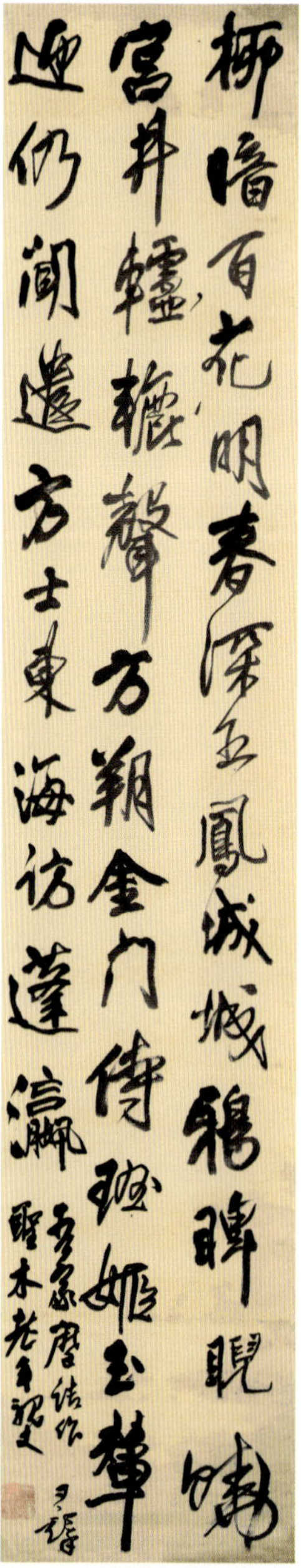

王維「早朝」　王鐸書

捕らえられ、迫られて給事中になり、乱が平定したのち死罪となったが、賊中にあっても皇帝を思う詩を作っていたことと、弟が命をかけて嘆願したため死を免れた。最後は尚書右丞にまで至った。中年に藍田山中の別荘を買い、気のあった詩人と詩の応酬をし、晩年には半官半隠の閑適な生活を送った。詩は、陶淵明（とうえんめい）の詩風を受け、孟浩然（もうこうねん）とともに「王孟」と称される。書画に巧みで、詩画一致の妙境をひらき、南画の祖とも言われる。杜甫（とほ）の詩聖（しせい）、李白（りはく）の詩仙（しせん）に対して、詩仏（しぶつ）と言われる。『王右丞集』六巻などがある。

遣　派遣する。◉方士　方術を行う人。道士。◉東海　東の海。◉蓬瀛　不老不死の人が住んでいるという仙島。秦の始皇帝が童男童女を遣わした故事をふまえる。

偶然作六首

偶然の作六首（うち二首）……王維

其二

田舍有老翁
垂白衡門裏
有時農事閒
斗酒呼鄰里
喧聒茅簷下
或坐或復起
短褐不爲薄
園葵固作美
動則長子孫

其の二

田舎に老翁有り
白を垂る　衡門の裏
時有りて　農事閒なれば
斗酒　鄰里を呼ぶ
喧聒す　茅簷の下
或いは坐し　或いは復た起つ
短褐　薄しと為さず
園葵　固に美と作す
動もすれば則ち子孫を長じ

不曾㆔向㆓城市㆒
五帝與㆓三王㆒
古來稱㆓天子㆒
干戈將㆓揖讓㆒
畢竟何者是
得意苟爲㆑樂
野田安足㆑鄙
且當㆔放懷去
行行沒㆓餘齒㆒

曾(かつ)て城市(じょうし)に向(む)かわず
五帝(ごてい)と三王(さんおう)と
古来(こらい)　天子(てんし)と称(しょう)す
干戈(かんか)と揖譲(ゆうじょう)と
畢竟(ひっきょう)　何者(いずれ)か是(ぜ)なる
得意(とくい)　苟(いや)しくも楽(たの)しみと為(な)さば
野田(やでん)　安(いず)くんぞ鄙(ひ)とするに足(た)らん
且(しばら)く当(まさ)に放懐(ほうかい)し去(さ)りて
行(ゆ)く行(ゆ)く　余歯(よし)を没(ぼっ)すべし

いなかに老翁がいて、
白髪を垂れるまで粗末な家で暮らしている。
農作業の暇なときには、
一斗の酒を用意して隣近所の人を呼び集めてともに飲む。
かやぶき屋根のもと、わいわいがやがやと、
あるいは坐ったり、あるいは立ったりと好き勝手。
丈の短い粗末な着物を薄いとは思わず、
畑の野菜は粗末ながらまことにおいしい。
ともすれば子や孫、曾孫のある者もいて、
一生をここで過ごして町の中へは行ったこともない。
かの五帝や三王を
人は天子と言い、
武力で位を奪ったり、揖譲によって帝位に即くことをよしとしている。
しかし、結局はどちらが正しいのか。
満足して愉快に過ごし、それを楽しみとするならば、
いなかの暮らしを、どうして劣っていると言えようか。
要するに思いのままに、
時の過ぎゆくままに残りの人生を終えることこそが正しい生き方というべきものである。

【詩形】五言古詩
【押韻】裏、里、起、美、市、子、是、鄙、歯
◉田舎　いなか。◉有〜　〜がいる。◉老翁　老人。◉垂白　白髪を垂らす。白髪頭。◉衡門　冠木門。粗末な門。粗末な家。◉有時　〜の時がある。◉農事間　農作業が暇である。◉斗酒　一斗の酒。◉呼鄰里　隣近所の人を呼び集める。陶淵明の「雑詩其の一」に「斗酒比隣を聚む」とある。◉喧聒　さわがしい。◉茅簷下　かやぶき屋根のもと。粗末な家で。図版は「茆」になっているが、「茅」と同じ。◉或〜或〜　〜したり〜したり。◉短褐　丈の短い粗末な着物。◉不為薄　薄いとは思わない。◉園葵　畑の野菜。◉固　まことに。◉作美　十分おいしい。「作」を「足」に作るテキストもある。◉動　ともすれば。◉長子孫　子や孫、曾孫が育つ。◉不曾　以前〜したこ

田舎の老翁の日常生活を詠い、都鄙と貴賤とを対比し、「得意」をもって楽しみとすれば、田舎の鄙賤の方が良い、という。陶淵明の生き方を受け継いでいる。

其六

老來嬾レ賦レ詩

其の六

老来　詩を賦するに嬾く

とがない。◉城市　町の中。◉五帝与三王　伝説時代の五人の帝と三人の王。諸説あるが「五帝」は、黄帝、顓頊、帝嚳、堯、舜。「三王」は、夏禹、商湯、周文。◉干戈　たてとほこ。武力。◉揖譲　武力によらず位を譲る。◉畢竟　結局。◉何者是　どちらが正しいか。◉得意　満足して愉快なこと。◉苟為楽　もし楽しみとするなら。◉野田　田野。いなか。◉安足鄙　どうして劣っているとするに足りようか、決して鄙とするには足りない。「鄙」は鄙びている。◉且　しばらく。◉当　まさに～すべき。◉放懐　思いのままにする。◉行年　年の過ぎるのにまかせて。◉没餘歯　残りの人生を終わる。

惟有㆓老相隨㆒
宿世謬㆓詞客㆒
前身應㆓畫師㆒
不㆑能㆑捨㆓餘習㆒
偶被㆓世人知㆒
名字本皆是
此心還不㆑知

惟だ老の相い随うこと有るのみ
宿世は詞客に謬る
前身は応に画師なるべし
餘習を捨つること能わず
偶たま世人に知らる
名字は本と皆是なるに
此の心　還って知られず

年を取ると、詩を作るのも面倒だ。
それでいてただ老いだけは日に日に付き従ってくる。
前世は誤って詩人となり、
生まれ変わる前はきっと画家だったのだろう。
詩を作り絵をかく習慣をすてることができず、
偶然にも世の人々に名を知られてしまった。
名の「維」と字の「摩詰」が、本来正しい。
しかし、この心のほうは、かえって人に知られない。

【詩形】五言古詩
【押韻】詩、随、師、知（上平声・四支）
◉老来　年をとる。「来」は助字。◉嬾賦詩　詩を作るのも面倒。「嬾」は図版に「孏」になっている。「孏」は「嬾」に同じ。「嬾」は「懶」の本字。◉惟有　ただ〜があるだけ。◉老相随　老いがつきまとってく

詩を作り絵を描くという「餘習」で名が知られたが、仏道を志す気持ちをこめた「維摩詰」のほうが知られない、と。三・四句の「宿世は詞客に謬らる、前身は応に画師なるべし」はよく画評などで引用され、董其昌もこの句を引用して「余謂えらく、右丞（王維のこと）、雲峰石迹、迥かに天機より出で、筆思縦横、造化に参す。唐以前安くんぞ此の画師有るを得んや」と云う。

楊峴（一八一九～一八九六）

清、浙江省帰安の人。字は見山。一字は季仇。号は庸斎。晩年藐翁と号した。咸豊の挙人。権知常州府となった。金石・小学・隷書に詳しく、漢碑で見ないものはなかった。「分書」に巧みで、『褒斜道石門頌』は珍重された。著に『庸斎文集』『遅鴻軒詩鈔』などがある。

る。◉宿世　前世。◉謬詞客　誤って詩人となっていた。◉前身　前世の身。生まれ変わる前。◉応画師　きっと画家だったにちがいない。◉不能　～できない。◉餘習　詩を作ることと絵をかくという習慣。◉偶　偶然。たまたま。◉被～される。受け身を表す。◉世人知　世の人々に知られる。◉名字　王維の名の「維」と字の「摩詰」。◉本皆是　本来みな正しい。◉此心「維」とし、また「摩詰」とする心。◉還不知　かえって人に知られない。

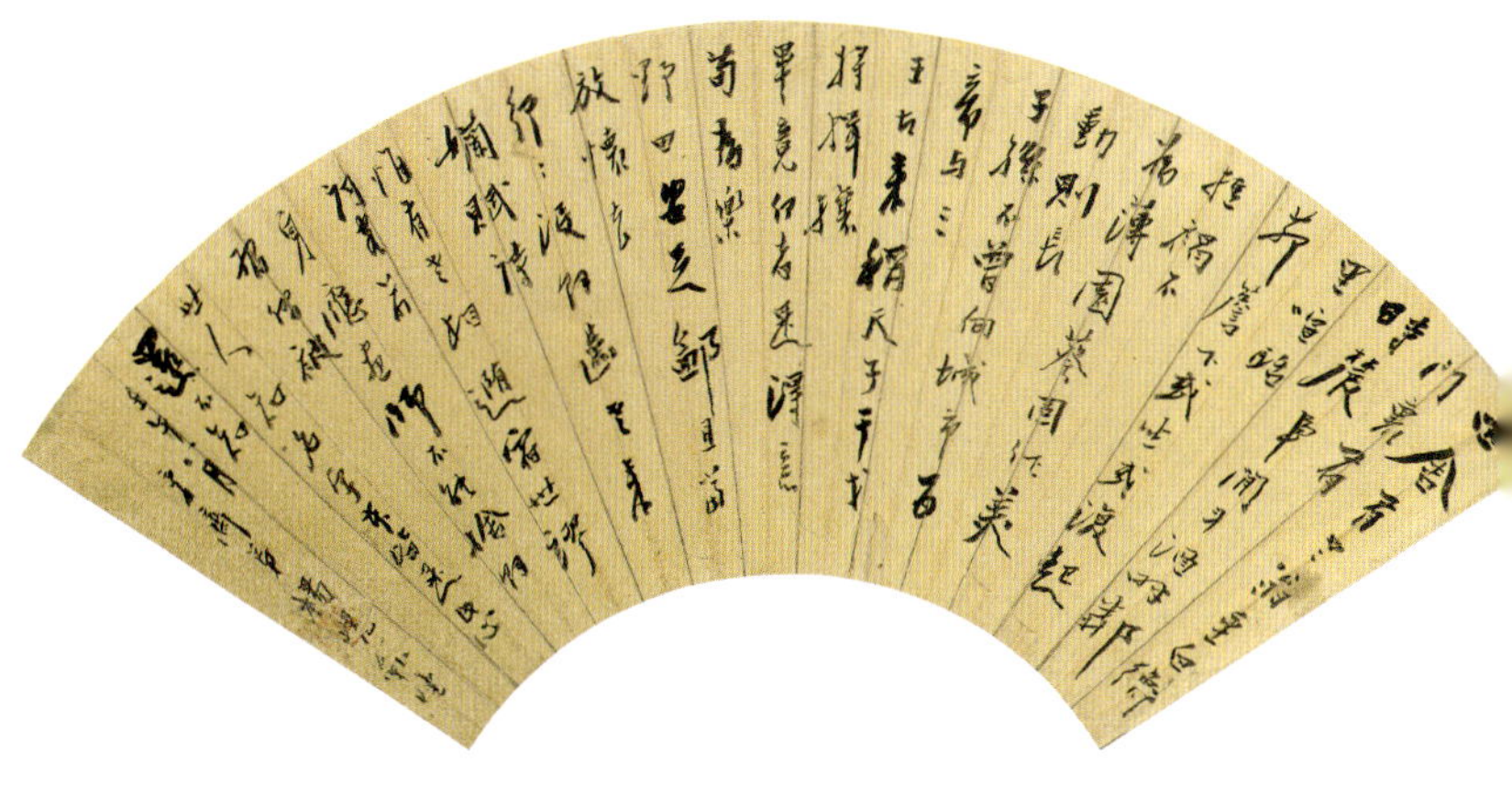

王維「偶然作六首」其二・六　楊峴書

月下獨酌四首

月下独酌四首（うち二首）……李白

其一

花間一壺酒
獨酌無二相親一
擧レ杯邀二明月一
對レ影成二三人一
月既不レ解レ飲
影徒隨二我身一
暫伴二月將レ影
行樂須レ及レ春
我歌月徘徊

其の一

花間　一壺の酒
独り酌んで相い親しむ無し
杯を挙げて明月を邀え
影に対して三人と成る
月は既に飲むを解せず
影は徒らに我が身に随う
暫く月と影とを伴いて
行楽　須く春に及ぶべし
我歌えば　月徘徊し

我舞影凌亂
醒時同交歡
醉後各分散
永結二無情遊一
相期二邈雲漢一

我舞えば　影凌乱す
醒時は同に交歓し
酔後は各おの分散す
永く無情の遊を結び
相い期す　雲漢邈かなるに

春の花が咲く中で一壺の酒をかかえ、
語り合う友もないまま独りで酌む。
杯を高くあげて上り来る明月を迎えると、
影を加えて三人となった。
月はもとより酒は飲めぬ。
影はいたずらに我が身に付き随うばかり。
だがまあしばらくは月と影とを連れだって、
春のこのよい季節をのがさずに楽しみをつくそう。
私が歌うと月は天上をふらふらさまよい、
私が舞うと影は地上で乱れ動く。
醒めているときはともに楽しみを尽くし、

【詩形】五言古詩
【押韻】親、人、身、春、（上平声・十一真）乱、散、漢（去声・十五翰）
◉花間　花の咲いている中。◉無相親　語り合う親しい人がいない。◉邀　迎える。◉対影　影を加えて。◉三人　月と自分と自分の影。◉既　もとより。◉不解飲　飲むことができない。「解」は「能」と同じ用法。可能を表す。◉徒　ただむやみに。◉暫　まあしばらく。◉伴　引き連れる。◉月将影　月と影とを。「将」は「与」と同じ用法。

酔いつぶれた後はそれぞれ別れ別れになってしまう。
永遠にこのような世俗のしがらみを超越した交わりを結ぼうと、
はるか天の川での再会を約束する。

其二

天若不レ愛レ酒
酒星不レ在レ天
地若不レ愛レ酒

其の二

天若し酒を愛せざれば
酒星　天に在らず
地若し酒を愛せざれば

〜と。◉須　「すべからく〜べし」と再読する。〜する必要がある。◉及春　春の行楽の季節をのがさずに。「及」は、間に合う。◉徘徊　さまよう。◉凌乱　乱れ動く。◉醒時　まだ酒に酔わない正気の時。◉交歓　楽しみ合う。◉酔後　酔いつぶれた後。◉各分散　それぞれ別れ別れになる。◉永結　永遠に結ぶ。◉無情遊　世俗の情を離れた交遊。◉相期　約束する。◉邈　はるか遠い。◉雲漢　天の川。◉仙境。

地應レ無二酒泉一
天地既愛レ酒
愛レ酒不レ愧レ天
已聞清比レ聖
復道濁如レ賢
賢聖既已飲
何必求二神仙一
三杯通二大道一
一斗合二自然一
但得二醉中趣一
勿下謂二醒者一傳上

地応に酒泉無かるべし
天地既に酒を愛すれば
酒を愛すること天に愧じず
已に聞く　清は聖に比するを
復た道う　濁は賢の如しと
賢聖　既に已に飲めば
何ぞ必ずしも神仙を求めんや
三杯　大道に通じ
一斗　自然に合す
但だ酔中の趣きを得て
醒者に謂いて伝うること勿かれ

天がもし酒が嫌いなら、
酒旗星が天にあるはずがない。
大地がもし酒が嫌いなら、
酒泉が地上にあるはずはない。
天も地も酒が好きだというからには、
酒を愛することは天地になんら恥じることではない。
清酒は聖人になぞらえると聞いているし、
また濁り酒も賢人と言うという。
聖人も賢人もとっくに飲んだからには、
これ以上神仙を求める必要がどこにあろう。
三杯飲めば真理への道に通じ、
一斗飲めば宇宙自然と一体になれる。
ひたすら酔中の趣きを得て満喫するだけのこと、
飲まない者になどその趣きは決して教えてやるまいぞ。

四首連作の其の一と其の二。図版は其の二である。李白四十四歳の春、翰林院供奉のときの作と考えられている。とすると、ちょうど政界に失望し、理想がもろくも崩れ去っていたころである。苦悩を癒すために酒を飲んでも、李白の詩はけっして湿っぽくならない。着想は奇抜、想像

【詩形】五言古詩
【押韻】天、泉、賢、仙、然、伝（下平声・一先）
◉若　もし～なら。仮定を表す。◉酒星　酒をつかさどる星の名。酒旗星ともいう。漢の太祖が禁酒令を出したとき、孔融が「天には酒旗の星があり、地には酒泉の郡を列し、人には旨酒の徳がある。故に堯は千鍾（たくさんの酒）を飲まざれば、以て其の聖を成す無し」と嘲笑したという（張璠『漢紀』）。◉応　「まさに～べし」と再読する。きっと～のはずだ。◉酒泉　地名。今の甘粛省酒泉県。水が酒のようだったという。◉既　～の以上は。◉不愧天　天に恥じない。「地」も含む。◉已聞　とっくに聞いている。◉清　清酒。◉比　なぞらえる。◉聖　聖人。◉復道　また言う。◉濁　濁り酒。◉賢　賢人。◉何必　必ずしも～する必要はない。◉大道　真理の道。宇宙の原理。◉一斗

力も豊かである。其の二は、酒を飲んでどこが悪い、酒を飲めば天地宇宙と一つになれる、と飲酒の醍醐味を詠う。「天」と「不」の字が四回、「酒」が六回使われる破格の詩であるが、繰り返しのリズムに酒が大好きだという李白の気持ちが素直に伝わってくる。

李白（七〇一〜七六二）

盛唐、蜀の青蓮郷（四川省綿陽県の西北）の人。字は太白、号は青蓮居士、又酒仙翁。十歳で詩書に通じ、十五歳剣術を好み、二十五歳任侠の徒と交わり財を軽んじ施しを好み、素行がおさまらなかった。二十五歳蜀を出て各地を遊歴。天宝元年（七四二）の頃、道士呉筠とともに長安に行き、賀知章に認められ、天上の謫仙人と評された。のち玄宗に召されて翰林院に奉侍した。しかし、讒言によって足掛け三年で都を追われ、再び各地を遊歴。粛宗の至徳元年（七五六）、永王璘の謀反に連坐し、貴州の夜郎（同省桐梓県）に流されたが、そこへ向かう途中赦免にあい江南に戻った。詩は、「天馬空を行く」と称せられ、躍動感に富む明るい作品が多い。長編の古詩、とくに楽府、および七言絶句に長じている。杜甫とともに「李杜」と並称される。『李太白集』三十巻がある。

唐の時代の一斗は今の約六リットル。ここは大量の酒であることをいう。◉自然　自ずからそうなる存在。宇宙。◉但　ひとえに。◉酔中趣　酔中の境地にひたり、満喫すること。◉勿　禁止を表す。◉謂　「為」に作るテキストもある。◉醒者　酒を飲まない者、酔い心地のわからない者。

宋廣(そうこう)

明初、河南省南陽の人。字は昌裔。沔陽(べんよう)同知に任ぜられた。草書を得意とした。

李白「月下独酌四首」其二　宋廣書　北京故宮博物院

山中與幽人對酌

山中にて幽人と対酌す……李白

兩人對酌山花開
一杯一杯復一杯
我醉欲レ眠卿且去
明朝有レ意抱レ琴來

両人対酌して　山花開く
一杯　一杯　復た一杯
我酔うて眠らんと欲す　卿且く去れ
明朝　意有らば琴を抱いて来たれ

山の花の咲くもとで、二人は向かいあって酒を酌み交わす。一杯、一杯、また一杯と。
私は酔って眠くなったから、君はひとまずお帰り下さい。
明日の朝、その気があるなら、琴を持ってまた来て下さい。

李白五十六歳の作というが、定かではない。「酔って眠いから帰れ」と言えるのは、幽人が気の置けない友だからであろう。二句目の「一杯一杯復た一杯」は近体詩の規則から外れているが、世俗を離れ山の中でのんびりと心行くまで酒を飲む境地を詠っていて巧みである。三句目と四句目は、陶淵明（とうえんめい）の話を踏まえている。陶淵明は酒に酔うと「我酔うて眠らんと欲す、卿去るべし」と言ったという。また、絃の張ってない琴を持っていて、酒を飲んで興が湧くとその無絃琴を弾いて「おもい」を託したという。ともに『宋書』に載っている。

會津八一（あいづやいち）（一八八一〜一九五六）

新潟の人。歌人・書家・美術史家。号は秋艸道人。十九歳、東北日報、新潟新聞に短歌・俳句を投稿。一九〇六年二十六歳、早稲田大学英文学部卒業。新潟県中頸城郡有恒学舎に英語教師として赴任。のち早稲田大学文学部講師、早稲田大学文学部教授などを歴任。文学博士。歌は、万

【詩形】七言絶句（七言古詩、または古絶とも）
【押韻】開、杯、来（上平声・十灰）
◉幽人　隠者。◉対酌　向かいあって酒を酌み交わす。◉両人　二人。自分（李白）と幽人。◉山花　山の花。◉開　花が咲く。◉欲眠　眠くなった。◉卿　君。自分と同等以下の者に用いる二人称。◉且　ひとまず。時間的な「しばらく」ではなく、気分的な「しばらく」。◉去　行け。◉有意　気が向いたなら。◉琴　手軽に持ち運べる大きさの琴。

葉風を近代化した独自の歌風を確立した。歌集に『南京新唱』『南京余唱』『鹿鳴集』『山光集』『山鳩』『寒燈集』、随筆に『渾斎随筆』、書画集に『遊神帖』などがある。

李白「山中与幽人対酌」 會津八一書 會津八一記念館

黄鶴樓送孟浩然之廣陵

黄鶴楼にて孟浩然の広陵に之くを送る……李白

故人西辭㆓黄鶴樓㆒
烟花三月下㆓揚州㆒
孤帆遠影碧空盡
惟見長江天際流

故人　西のかた黄鶴楼を辞し
烟花　三月　揚州に下る
孤帆の遠影　碧空に尽き
惟だ見る　長江の天際に流るるを

友人孟浩然（もうこうねん）の乗った舟が西の黄鶴楼に別れを告げ、
花霞たつ春三月、揚州へと下って行く。
はるか遠くポツンと浮かんだ帆の影がやがて青々とした空の彼方に吸い込まれて消えると、
あとにはただ長江の水が天の果てへと流れて行くのが見えるだけだ。

親友の孟浩然が舟で長江を下り揚州へ行くのを、李白が黄鶴楼で見送った詩。李白二十八歳の作とする説、四十歳以前、特に三十七歳とする説がある。李白は、十二歳年上の孟浩然を敬慕し「吾は愛す孟夫子、風流天下に聞こゆ」（孟浩然に贈る）と詠っている。揚州は歓楽の地で、人々が一度は行ってみたいと思う憧れの地。「揚州の夢」「揚州の鶴」の語がある。詩は、別離の悲しさと残された者の無限の悲しみを、尽きることなく流れる長江の水に託して詠う。

【詩形】七言絶句
【押韻】楼、州、流（下平声・十一尤）
◉黄鶴楼　湖北省武漢市の武昌地区にあった楼。◉送　見送る。◉孟浩然　李白の友人。盛唐の詩人。◉之　行く。◉広陵　揚州の古称。揚州は江蘇省揚州市。長江下流の北岸、水陸交通の要衝で繁華な商業都市として賑わい、また風流の地として広く知られていた。◉故人　旧い馴染み。旧友。ここは孟浩然をいう。◉西辞　西にあたる黄鶴楼に別れを告げる。黄鶴楼は揚州から見て西にあるのでいう。◉烟花　春霞のなかに咲く花。◉三月　旧暦の三月。晩春。◉下　川を下る。◉孤帆　ポツンと浮かぶ一隻の帆掛け船。◉遠影　遠くに浮かぶ帆影。◉碧空　青い空。◉尽　消えてなくなる。◉惟見　ただ見えるだけ。限定を表す。◉天際流　天の際に流れる。

李白「黄鶴楼送孟浩然之広陵」　會津八一書　會津八一記念館

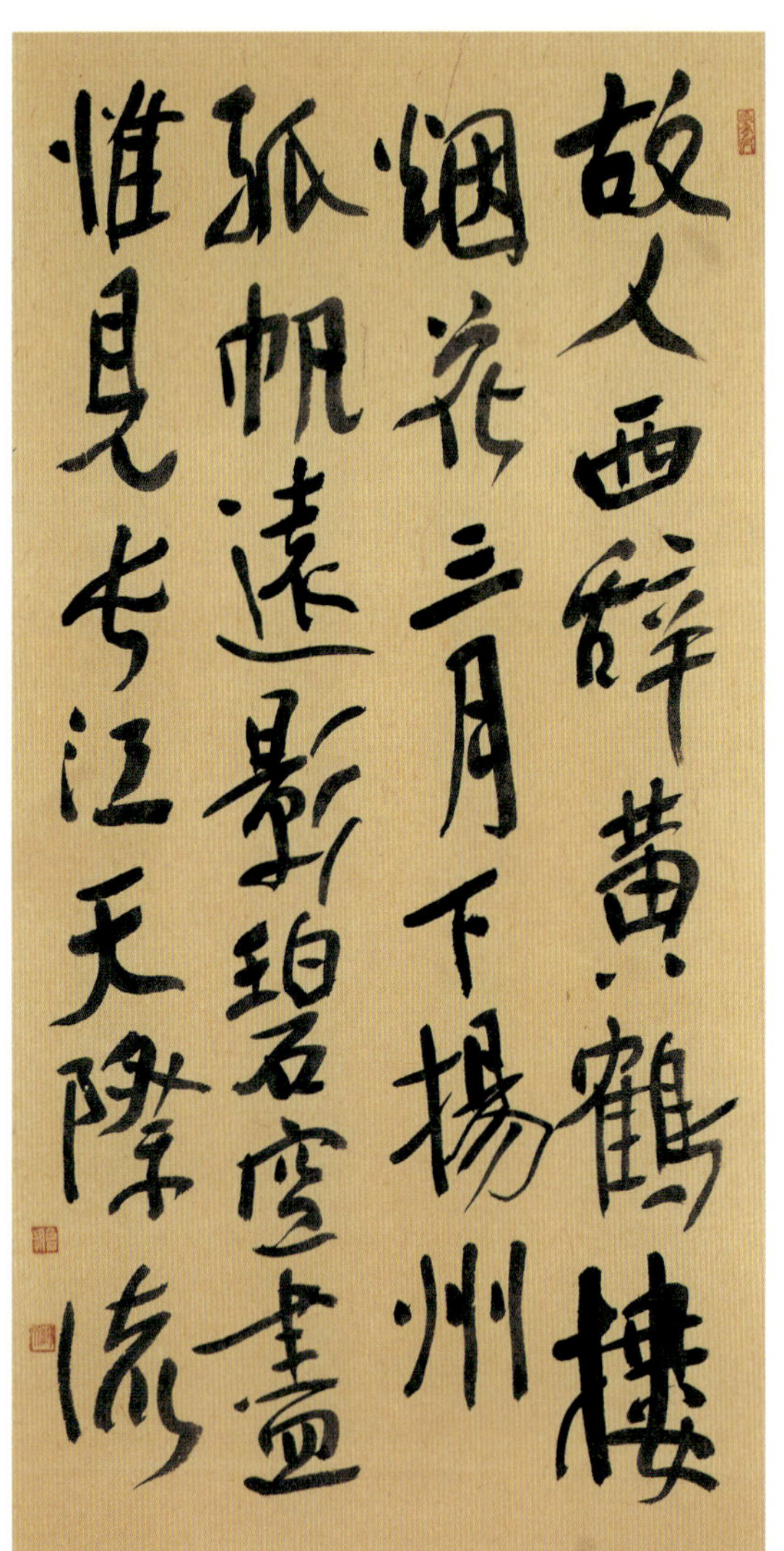

故人西辭黄鶴樓
烟花三月下揚州
孤帆遠影碧空盡
惟見長江天際流

九曲詞三首

九曲詞三首（うち一首）……高適

其三

萬騎爭歌楊柳春
千場對舞繡麒麟
到處盡逢歡洽事
相看總是太平人

其の三

萬騎　争って歌う　楊柳の春
千場　対して舞う　繡麒麟
到る処尽く逢うは歓洽の事
相い看れば総て是れ太平の人

兵士たちは争って「楊柳の春」を歌い、
あらゆる場所で美しい麒麟の舞が舞われる。
どこへ行っても楽しいことに出逢う。
人々は皆平和を愛するのだ。

天宝十二年（七五三）五月、隴右兼河西節度使の哥舒翰（かじょかん）が吐蕃の洪済や大莫（たいばく）らの城を攻略して黄河の九曲を収めた。作者はその年の秋、書記として哥舒翰の幕府に赴き、翌天宝十三年（七五四）、世の中が平和になったことを寿いでこの詩を作った。三首連作の第三首。
書記となった高適に送った杜甫の詩がある（八九頁）。

高適（こうせき）（七〇二？〜七六五）
盛唐、滄州勃海（山東省浜州）の人。字は達夫。若いときには正業につかず、博徒などと交わっていた。『唐才子伝』には、五十歳で始めて詩を作ることを学んだ、という。天宝三年（七四四）、李白（りはく）・杜甫（とほ）とともに梁・宋（河南省）地方を遊歴し、酒と詩作にふけった。天宝八年（七四九）ころ有道科に及第し、封丘（河南省封丘県）の尉（属官）に任命された。天宝十一年（七五二）ころ河西節度使哥舒翰の掌書記となり、諫議大夫にまで出世した。気位が高く、ずけずけ物を言うので権力者に嫌われ、

【詩形】楽府（がふ）（七言絶句）
【押韻】春、麟、人（上平声・十一真）
◉九曲詞　楽府詩。哥舒翰が黄河九曲を収めたことを寿ぐ。◉萬騎　多くの騎馬兵。◉争歌　争って歌う。◉楊柳春　曲の名。柳が芽吹く春の喜びを歌う。◉千場　あらゆる場所。◉対舞　対になって舞う。◉繡麒麟　錦繡を施した麒麟。◉到処　至る所どこへ行っても。◉尽逢　残らず出逢う。◉歓洽　歓び和らぐ。◉相看　見ると。「相」は方向を示す。◉総是　すべて。◉太平人　平和な生活を送る人々。

乾元元年（七五八）太子詹事に左遷された。のち蜀州や彭州の刺史、成都の尹、西川節度使となった。広徳二年（七六四）都に戻り、刑部侍郎（法務次官）となり、銀青光禄大夫の称号を受けた。詩は辺塞詩にすぐれる。『高常侍集』八巻がある。

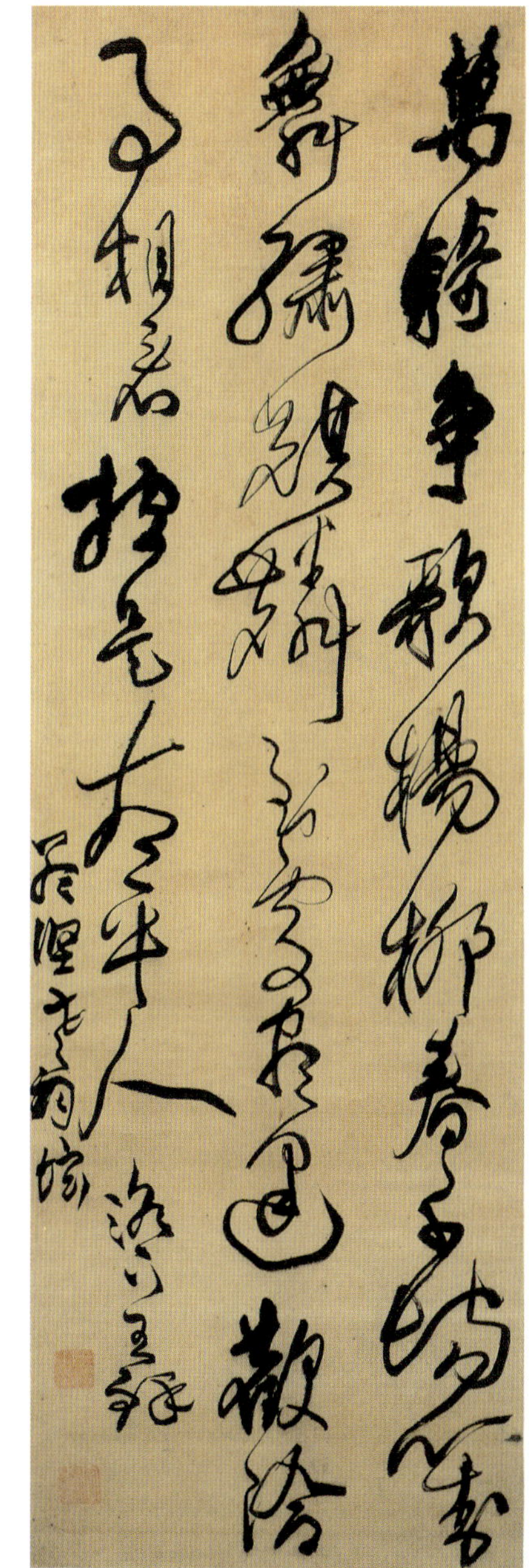

高適「九曲詞三首」其三　王鐸書

飲中八僊歌

飲中八僊の歌……杜甫

知章騎馬似乗船
眼花落井水底眠
汝陽三斗始朝天
道逢麴車口流涎
恨不移封向酒泉
左相日興費萬錢
飲如長鯨吸百川
銜盃樂聖稱避賢
宗之蕭灑美少年
擧觴白眼望青天

知章は馬に騎ること　船に乗るに似たり
眼花　井に落ちて　水底に眠る
汝陽は三斗にして始めて天に朝し
道に麴車に逢えば　口に涎を流す
恨むらくは封を移して酒泉に向かわざるを
左相は　日興に萬銭を費やし
飲むこと長鯨の百川を吸うが如し
盃を銜んで聖を楽しみ　賢を避くと称す
宗之は蕭灑たる美少年
觴を挙げ　白眼もて青天を望む

皎如玉樹臨風前
蘇晋長齋繡佛前
醉中往往愛逃禪
李白一斗詩百篇
長安市上酒家眠
天子呼來不上船
自稱臣是酒中仙
張旭三盃草聖傳
脫帽露頂王公前
揮毫落紙如雲烟
焦遂五斗方卓然
高談雄辨驚四筵

皎として玉樹の風前に臨むが如し
蘇晋は長斎す　繡仏の前
酔中　往往　逃禅を愛す
李白は一斗　詩百篇
長安市上　酒家に眠る
天子呼び来たれども　船に上らず
自ら称す　臣は是れ酒中の仙と
張旭は三盃にして草聖伝う
帽を脱ぎ頂を露わす　王公の前
毫を揮って紙に落せば　雲烟の如し
焦遂は五斗にして方に卓然たり
高談　雄弁　四筵を驚かす

賀知章は、酔って馬に乗ると、ゆらゆら揺れて船に乗っているようだ。
眼がかすんで井戸に落ちても、水の底でそのまま眠ってしまう。
汝陽王の李璡は、三斗の酒を飲んで、はじめて天子にお目通りする。
途中で酒の麹を載せた車に出会うと口から涎を流す。
領地を移して酒泉に行かれないことを残念に思っている。
左丞相の李適之は、日々の遊興に一万銭もの大金を費やす。
その飲みっぷりは大きな鯨が百の川の水を吸い尽くすかのよう。
杯を口に運んで清酒を味わい、濁り酒は飲まないと言う。
崔宗之は、垢抜けしたきりりとした美少年。
さかずきを挙げ、世俗を無視する白眼で、遙かな青い空を見上げる。
清らかな彼のその姿は、まるで玉でできた美しい木が風に吹かれているようだ。
蘇晋は、刺繍した仏像の前で長く心身を清めている。
それでいて、しょっちゅう坐禅をさぼるのが大好き。
李白は、一斗飲む間に百篇の詩ができあがる。
長安の盛り場の酒屋で寝込んでしまい、
天子のお呼びがあっても迎えの船に上れず、
「わたしは酒の中に住む仙人です」と言う。
張旭は、三杯飲むと、草聖と伝えられる見事な筆をふるう。

【詩形】 七言古詩

【押韻】 下平・一先（毎句第七字目）

◉知章　賀知章（六五九～七四四）、字は季真。越州永興県（浙江省蕭山県）の人。文章にすぐれ、草書・隷書に巧みだった。証聖年間の進士、太子賓客兼秘書監になった。晩年は郷里に帰り放胆な生活を送り、四明狂客と号した。李白の才を見いだし、玄宗に推薦した。◉騎馬似乗船　酔って馬に騎ると、ゆらゆら揺れて船に乗っているようだ。図版は「似」が「如」になっている。意は同じ。◉眼花　目の前にちらちらと花が咲いたようにくらむこと。あるいは、眼がかすむこと。◉落井水底眠　井戸に落ちても気がつかず水底で眠る。『抱朴子』に、葛仙公が酒に酔うたび池に入って眠り、一日経って出てきた、という話が載っている。◉汝陽　玄宗の兄・李憲の子、汝陽郡王の李璡（?～七五〇）。杜甫の援助者の一人。◉三斗　約一八リ

頭巾を脱いで頭をむき出しにし、平気で王公貴族の前に出る。しかし、筆をとって紙に触れるや、雲や霧が湧くように墨跡が自在にひろがる。

焦遂（しょうすい）は、五斗飲んではじめて意気があがり、力強くよどみなく話をして、まわりの人々を驚かす。

八人の酒豪の飲みっぷりを歌った詩。「飲中」は、酒壺、酒樽の中の意。「僊」は超人的な、仙人的なことをいう。八人は玄宗皇帝の開元から天宝にかけての人で、当時広く酒飲みとして知られていたのであろう。八人が交遊していたわけではない。天宝五年（七四六）杜甫三十五歳ころの作品。

なお図版は、「宗之〜臨風前」と「蘇晋〜愛逃禅」が入れ替っている。

杜甫（とほ）（七一二〜七七〇）

盛唐、襄陽（湖北省襄樊市）の人。字は子美。少陵と号した。「詩聖」と称される中国最大の詩人。鞏県（河南省）で生まれた。若いころは科挙の試験を受けても及第せず、貴族の館に出入りしていたが、安禄山の乱（七五五年）のとき賊軍に捕らえられ、脱出して粛宗の行在所に駆けつけたことが嘉みされて左拾遺を授けられた。しかし、越権行為があっ

ットル。唐代の一斗は約六リットル。◉始　やっと。◉朝天　朝廷へ出勤する。天子にお目通りする。◉麴車　酒の麴を載せた車。◉口流涎　口から涎を流す。◉恨　恨めしいことに。◉移封　封土を移す。領地をかえる。◉向　於と同じ。◉酒泉　地名。現在の甘粛省酒泉県。城下に金泉があり、その味が酒のようだったので名付けたという。◉左相　左丞相の李適之（?〜七四七）。太宗の子・李承乾の孫。常に客を好み、酒一斗を飲んでも乱れなかったという。天宝元年（七四二）に左丞相となったが、李林甫に陥れられ、天宝五年（七四六）辞職し、翌年毒を仰いで死んだ。◉日興　日々の遊興。◉萬銭　銅銭一万枚。大金をいう。◉長鯨吸百川　大きな鯨が多くの川の水を吸い込むように飲み尽くす。鯨飲。◉銜盃　杯を口にくわえる。杯に口をつけて酒を飲むこと。◉楽聖称避賢　清酒

たため華州（陝西省華県）司功参軍に降された。乱後の貧窮から、食料を求めて家族とともに秦州（甘粛省天水市）、同谷（甘粛省成県）を経、成都（四川省）では厳武の援助を得て三年ほど平穏な生活を送った。このとき厳武の推薦によって工部員外郎となっている。厳武の死後、成都を出て長江に沿って南下し、忠州（四川省忠県）などに流寓し、衡州耒陽で生涯を終えた。千五百首ほどの詩は、社会を直視した現実的な作風で、正義感・人間愛にあふれる作品が多く、とくに律詩に長じている。慷慨悲痛・沈痛な気に満ち、憂国の情、家郷を思う心情は、詩聖と呼ばれるにふさわしい。李白（りはく）とともに「李杜」と並称される。『杜工部集』二十巻がある。

は飲むが濁り酒は飲まないと言う。李適之が官をやめたとき賦した詩に見える。聖は清酒、賢は濁り酒をいう。◉宗之　崔宗之。玄宗の重臣で斉国公に封ぜられた。のち金陵に謫せられ、李白と詩酒唱和した。◉蕭灑　垢抜けてさっぱりしている。図版は「灑」が「洒」になっている。◉觴　酒を飲む容器。さかずき。図版は「挙觴」が「酒酣」になっている。「酒酣（たけなわ）にして」と読む。◉白眼　相手を軽蔑する目つき。竹林の七賢の阮籍は、嫌いな者が訪ねてくると白眼を向け、好きな人が訪ねてくると青眼（黒目）を向けて応対したという。ここは世の中を白眼視すること。◉望青天　理想の高い人の行為。◉皎　清らかに輝くさま。◉玉樹　葉が玉でできた樹。仙樹。美しい樹木をいう。◉臨風前　風を正面から受ける。◉蘇晋　則天武后・中宗に仕えた蘇珦の子（六七六～七三四）。文章に

長じ、第二の王粲と言われた。玄宗の時、一時左遷されたが、銀青光禄大夫となって中央に帰り、太子左庶子となった。◉長斎　長期にわたる斎食。「斎」は酒肉を断って精進すること。◉繡仏　刺繡された布製の仏像。一説に、蘇晋が所有していた仏像は米汁（酒）を好んだ弥勒仏という。◉往往　しょっちゅう。◉逃禅　坐禅から逃げ出すこと。一説に、俗人を避けて禅の世界に逃げ込む。◉李白　字は太白、号は青蓮居士（七〇一～七六二）。◉一斗詩百篇　一斗（約六リットル）の酒を飲む間に、百篇の詩を作る。◉長安市上　長安の盛り場。まちの中。「市」は、市場などがある商業地区。長安には「東市」と「西市」があった。◉酒家　居酒屋。◉天子呼来不上船　天子のお召しがあっても船に乗らない。范伝正の「李白墓碑序」に、玄宗が白蓮池に舟遊びしていて李白に詩を作らせようと召し出したが、李白は翰林殿の庭苑で泥酔していて舟に乗ることができず、高力士に助けられてようやく舟に乗った、という。『旧唐書』『新唐書』では、李白が酒肆に臥しているところを召され、左右の者に水をかけられ、たちどころに十余章の詩を作った、という。◉自称　自分で呼ぶ。◉臣　自分のことをいう。◉酒中仙　酒浸りの仙人。賀知章が、李白の作品を初めて見たとき、「謫仙人」ではないかと感嘆した。李白は若いときから仙界にあこがれていた。◉張旭　字は伯高。呉（江蘇省蘇州市）の人。草書に巧みで、草聖と称された。賀知章の親友。◉三盃草聖伝　酒を三杯飲んで書いた書が素晴らしく、書の聖人と噂された。◉脱帽露頂　頭巾を脱いで頭を露出する。当時の礼儀では非礼とされた。『新唐書』巻二〇二「李白伝」の補注に、張旭は酒が大好きで、酔っぱらうと大声で叫び気が狂ったように走り、筆をもとめて書いた。時には頭に墨をふくませて書くこともあった。酔いが醒めて作品を見ると、神品だと自賛した。世の人々は彼を張顚と呼んだ、という。◉王公　身分の高い人。◉揮毫　筆をふるう。「毫」は筆の毛。転じて筆。◉落紙　紙に筆を落とす。紙に書くこと。図版は「落筆」になっている。◉雲烟　字が生動するさま。潘岳の「楊荊州の誄」に「翰動きて飛ぶが若く、紙に落ちて雲の如し」とある。◉焦遂　事跡は不詳。口吃だったが、酔うと雄弁になるので「酒吃」と呼ばれた。◉方　はじめて。やっと。◉卓然　ひときわ高くぬきんでたさま。また、意気高くあがるさま。◉高談　あたりかまわず大きな声でまくし立てる。または、高尚な話。◉驚四筵　まわりの人々を驚かす。

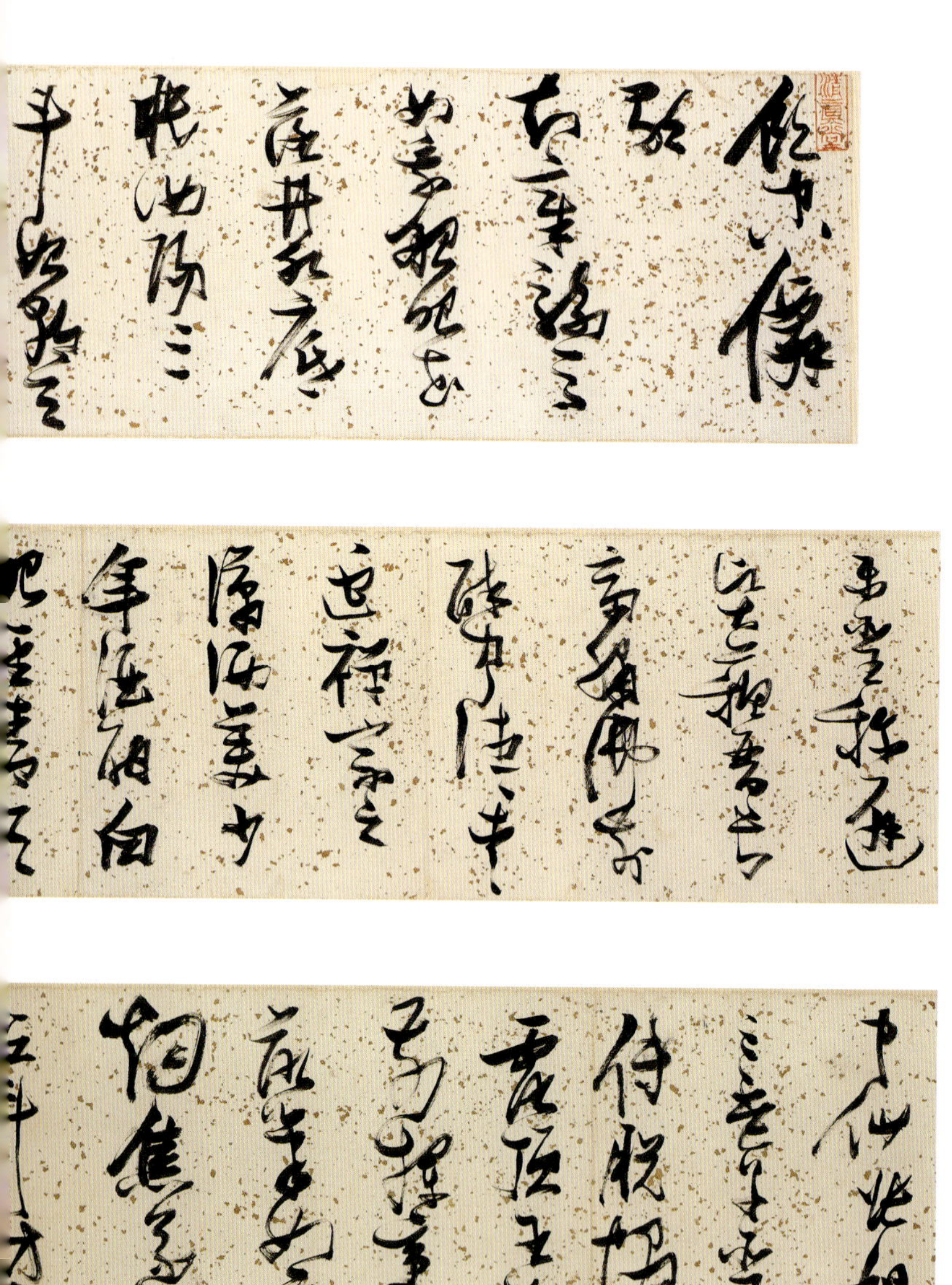

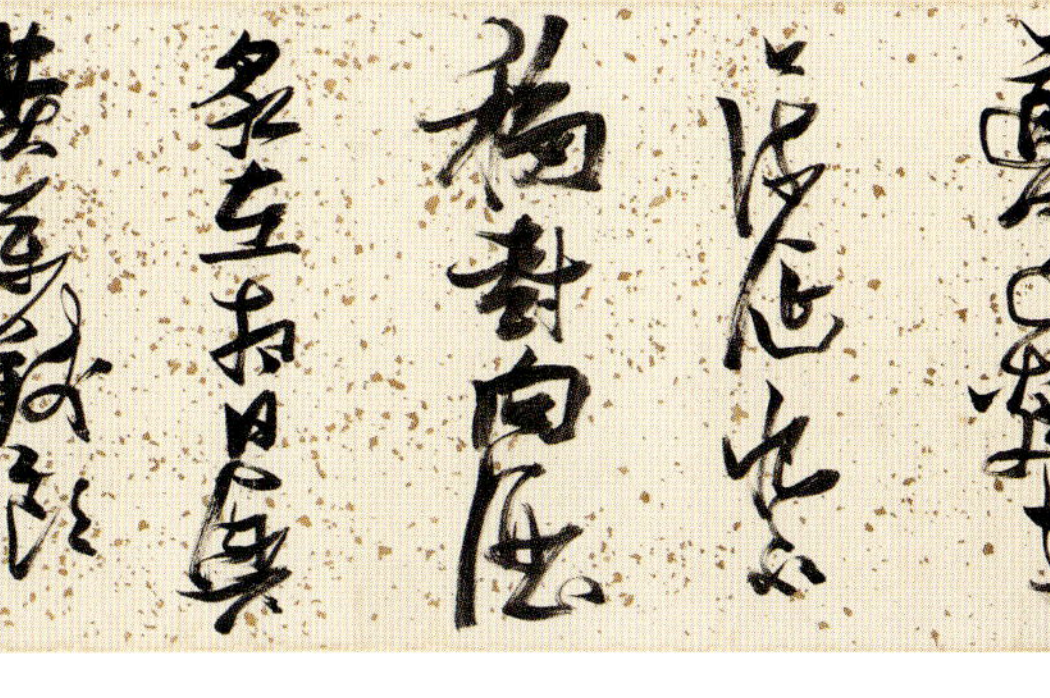

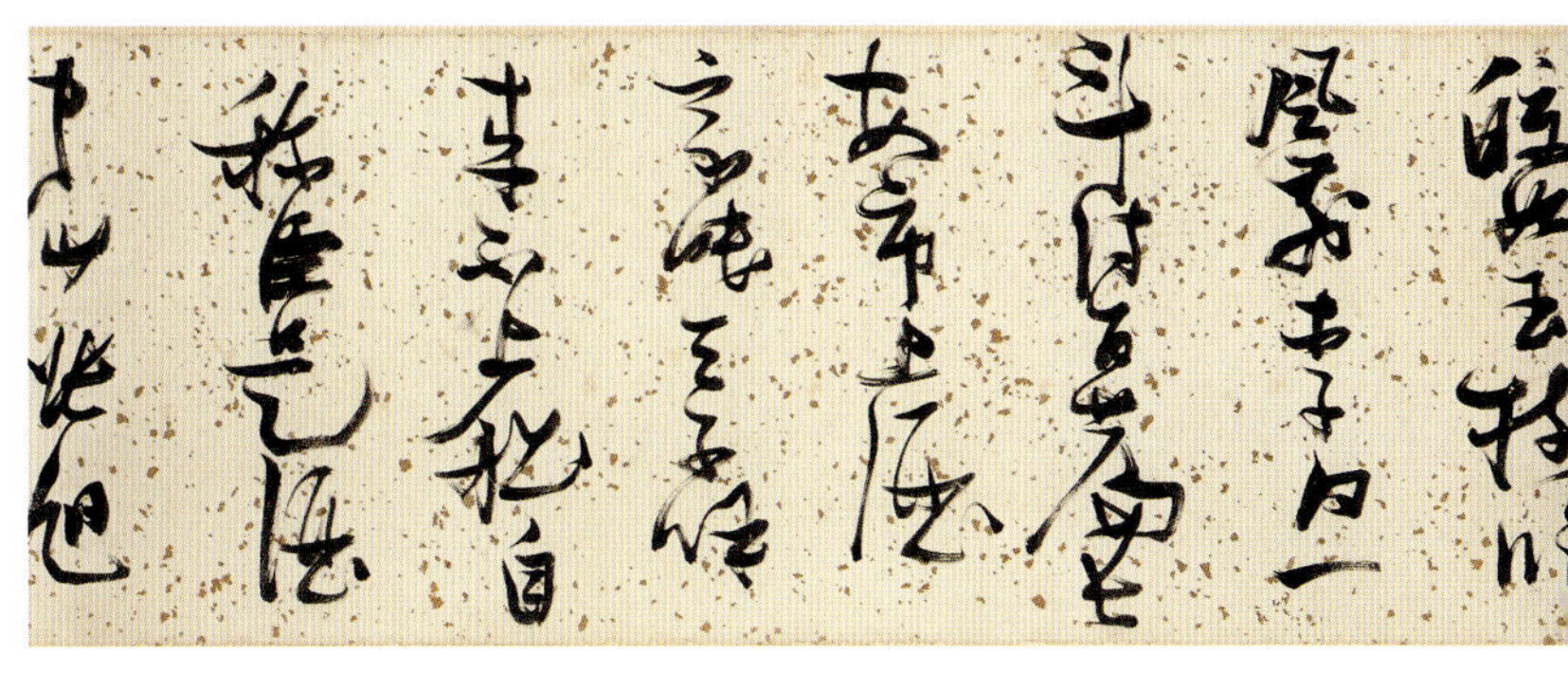

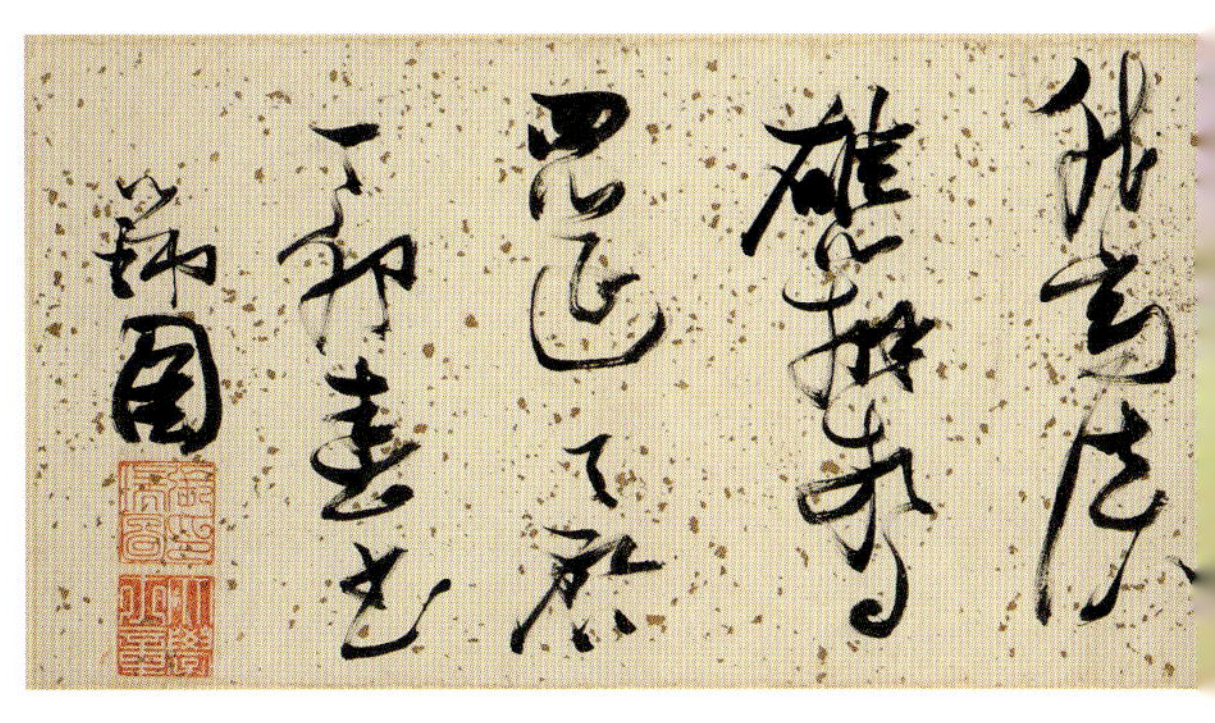

杜甫「飲中八僊歌」 張瑞図書

晩出左掖

晩に左掖を出ず……杜甫

晝刻傳呼淺
春旗簇仗齊
退朝花底散
歸院柳邊迷
樓雪融城濕
宮雲去殿低
避レ人焚二諫草一
騎レ馬欲二鶏栖一

昼刻　伝呼浅く
春旗　簇仗斉し
退朝　花底に散じ
帰院　柳辺に迷う
楼雪融けて城湿い
宮雲去って殿低し
人を避けて諫草を焚き
馬に騎れば鶏栖ならんと欲す

昼には伝呼の声も小さく、
儀仗の旗さしものがそろって並んでいる。
朝廷より退いて花樹のもとで解散し、
省中の役所に帰ろうとして柳樹のあたりに迷う。
宮楼に降り積もった雪が融けて城壁が湿い、
宮殿に低く垂れこめていた雲が去って宮殿が低く見える。
人目を避けて諫疏の草稿を焼き捨て、
宿舎に帰ろうと馬に乗ると、はやくも鶏がねぐらに戻る夕暮れどき。

乾元元年（七五八）、四十七歳春の作。左拾遺として長安にいた。頸聯（五・六句）は雪のあとの院中の景。六句目は雲の「はたらき」を巧みに詠っている。七句目から、諫疏の草稿は人目を避けてこっそり焼き捨てられていたことがわかる。

「晩出左掖」から「觀安西兵過赴關中待命二首」（八六頁）の図版は、杜甫の詩を五首書いた一続きの巻子である。

【詩形】五言律詩
【押韻】斉、迷、低、栖（上平声・八斉）
◉左掖　門下省。「掖」は、宮中の旁門。天子が政務をとる大明宮の宣政殿から左・右の掖門を通るとそれぞれ門下省・中書省に至る。左掖のほかに、左省、東掖とも言う。◉昼刻　昼の時刻。◉伝呼　宮衛が時刻などを伝え呼ぶこと。◉浅　声の小さいこと。◉春旗　儀仗。近衛兵が持つ旗。◉簇仗　多くのさしもの。◉斉　列のそろうこと。◉退朝　朝廷を退く。◉花底　花の咲く木のもと。◉散　解散する。◉院　門下省の役所。◉迷　柳にさえぎられて迷う。◉柳辺　柳のあたり。◉楼雪　宮楼の雪。◉城湿　城壁がぬれる。宮楼の基礎の部分をいう。◉宮雲　宮殿にかかる雲。◉殿低　宮殿が低くなったかのよう。◉避人　人目を避けて。◉諫草　天子を諫める文の草稿。

杜甫詩五律五首巻　王鐸書

◉騎馬　馬に乗って宿舎に帰る。

◉鶏栖　鶏がねぐらに棲む。夕方のこと。

送賈閣老出汝州

賈閣老(かかくろう)の汝州(じょしゅう)に出(い)づるを送(おく)る……杜(と)甫(ほ)

西掖梧桐樹
空留一院陰
艱難歸(二)故里(一)
去住損(二)春心(一)
宮殿青門隔
雲山紫邏深
人生五馬貴
莫(レ)受(二)二毛侵(一)

西掖(せいえき) 梧桐(ごどう)の樹(じゅ)
空(むな)しく留(とど)む 一院(いちいん)の陰(かげ)
艱難(かんなん) 故里(こり)に帰(かえ)り
去住(きょじゅう) 春心(しゅんしん)を損(そこ)なう
宮殿(きゅうでん) 青門(せいもん)隔(へだ)たり
雲山(うんざん) 紫邏(しら)深(ふか)し
人生(じんせい) 五馬(ごば)貴(とうと)し
二毛(にもう)の侵(おか)すを受(う)くる莫(な)かれ

西掖（中書省）の梧桐の樹は、
君がいなくなって院内に空しく木陰をとどめている。
君はこの難儀な時勢に故郷の方へと帰り、
去る君も留まる私もともに春の心を傷める。
君からすれば都の宮殿や青門は遠く隔てられ、
私からすれば君のいる雲のかかる紫邏の山は奥深くて遠い。
人の生涯において五馬を用いる貴い太守の位にはなかなかなれないもの。
どうぞ白髪に侵されることなくいつまでも若々しく元気でいてください。

中書舎人の賈至が長安から河南の汝州へ刺史として赴任するのを見送った詩。四句目の「去住」を承けて、五句目は賈至の立場に立って詠い、六句目は杜甫自身の立場で詠う。乾元元年（七五八）春の作。

【詩形】五言律詩
【押韻】陰、心、深、侵（下平声・十二侵）

◉賈閣老　賈至（七一八〜七七二）。このとき中書舎人だった。「閣老」は年の高い舎人の尊称とも。◉汝州　河南省南陽。◉西掖　中書省。「掖」は、宮中の旁門。天子が政務をとる大明宮の宣政殿から見て左（東）が門下省、右（西）が中書省。西掖のほかに、右省、右掖とも言う。◉空　人がいなくてがらんとしている。◉一院　院全体。「院」は中書省の役所。またはそこの庭。◉陰　木陰。◉艱難　世の難儀。◉故里　故郷。賈至の故郷は洛陽。汝州へ赴くさい、洛陽を通って行くので「帰る」という。◉去住　去ると、とどまる。去は賈至について言い、住は自分について言う。◉損　損ない傷める。◉春心　春を愛でる心。◉青門　長安城の東、覇城門。◉紫邏　山雲山　雲のかかる山。

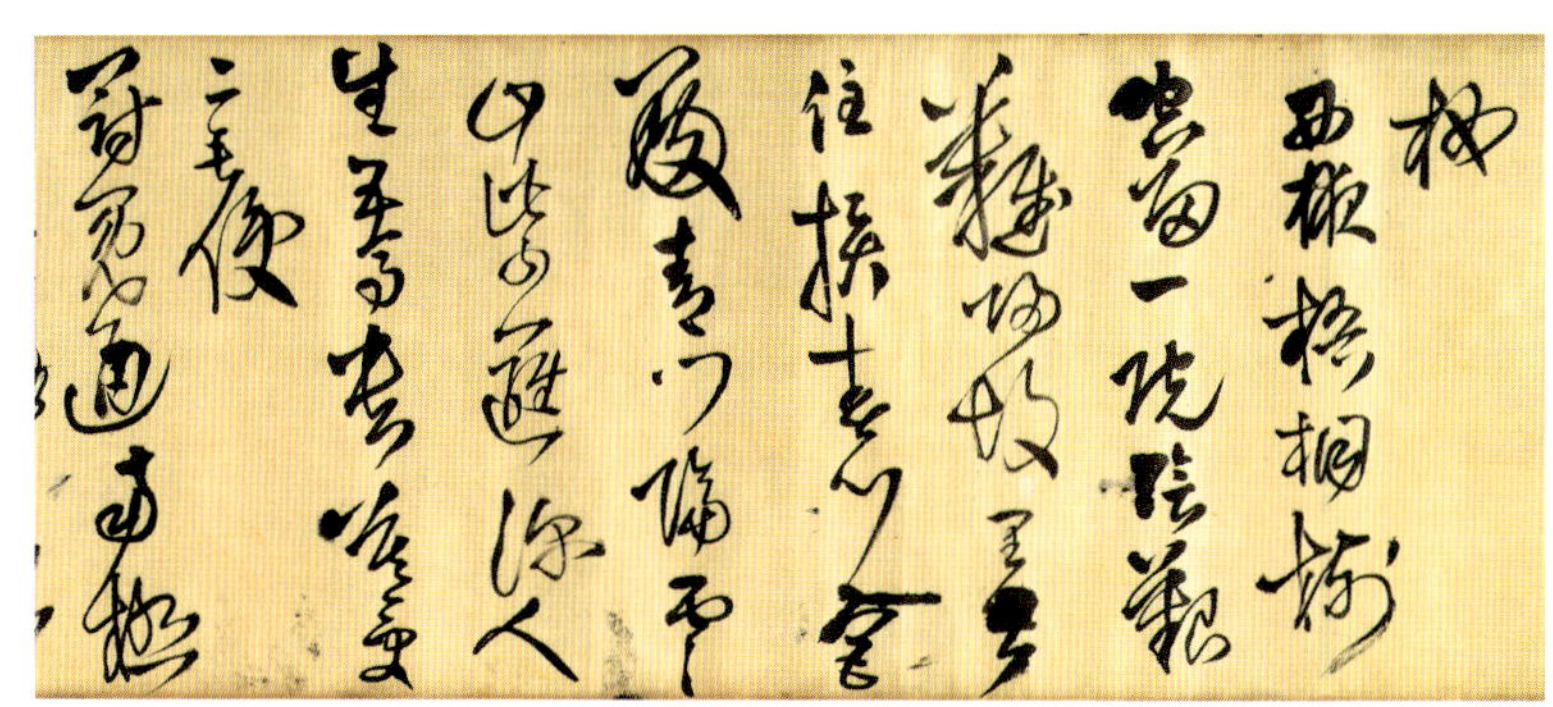

杜甫詩五律五首巻　王鐸書

の名。汝州梁県にある。◉人生生きている間。◉五馬　五馬を用いる太守のこと。◉受~侵　侵される。◉二毛　白黒二種の毛髪。白髪の増えることを言う。

送翰林張司馬南海勒碑

翰林張司馬が南海に碑を勒するを送る……杜甫

冠冕通南極
文章落上台
詔從三殿去
碑到百蠻開
野館濃花發
春帆細雨來
不知滄海上
天遣幾時迴

冠冕　南極に通じ
文章　上台より落つ
詔して三殿従り去らしめ
碑は百蛮に到りて開く
野館　濃花発き
春帆　細雨来たらん
知らず　滄海の上
天　幾時か迴ら遣めん

衣冠を着けた文明国が南の果ての地へと交通し、
上台の高きから碑文をもっていく。
天子の詔が殿上から下され、
君が百蛮の地に着くのを待って石碑が刻される。
陸路では原野の旅舎に美しい花が咲いていることであろうし、
海路では春の帆に細かな雨がふりそそぐことであろう。
天は果たしていつ滄海の使者を無事に帰らせてくれるであろうか、それは分からない（が、どうか無事で戻ってきてください）。

前半の四句は荘重。頸聯（五・六句）は、長い旅の情景を陸路と海路とから端的に詠っている。杜甫らしい細やかな描写で、相手への思いやりにあふれている。

【詩形】五言律詩
【押韻】台、開、来、迴（上平声・十灰）
◉翰林　翰林院。◉張司馬　不詳。◉南海　広東地方。◉勒碑　石碑に文字をほりつける。◉冠冕　文官のかぶる礼冠。文明国。◉通　交通する。◉南極　南の果て。南海のこと。◉文章　碑文。◉落　上国から下国へもっていくこと。◉上台　宰相をさす。天に上台・中台・下台がありそれぞれ二星がつかさどる。上台の二星は文昌座に近く、宰相の位に当たる。文が宰相の手に成ることをいう。◉三殿　麟徳殿。大明宮中にある。三面あることから言う。◉百蛮　多種の野蛮人のいる地。◉開　刻石があらわされること。◉野館　原野の宿舎。◉濃花　美しい花。◉細雨　きり雨。◉春帆　春の舟。◉滄海　青海原。◉上「使」となっているテキストもある。◉遣　使役の助字。～せ

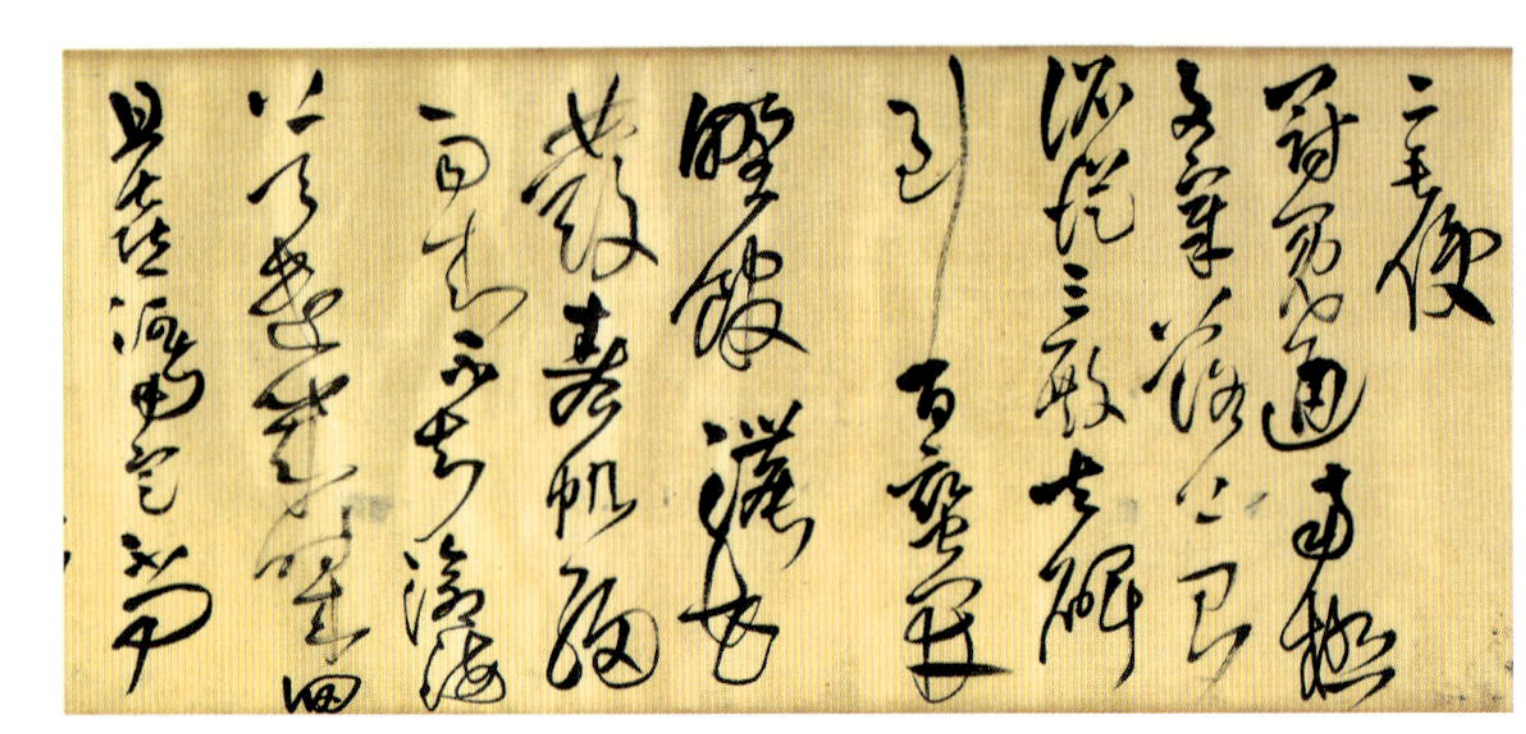

しむ。◉幾時　いつ。◉迴　戻ってくる。図版は「来回」になっていて、一字多い。「迴」と「回」は同じ。

憶弟二首

弟を憶う二首（うち一首）……杜甫

其二

且喜河南定
不問鄴城圍
百戰今誰在
三年望汝歸
故園花自發
春日鳥還飛
斷絕人煙久
東西消息稀

其の二

且つ喜ぶ　河南の定まれるを
問わず　鄴城の囲み
百戦　今誰か在る
三年　汝が帰るを望む
故園　花自ずから発き
春日　鳥還た飛ぶ
断絶して人煙久しく
東西　消息稀なり

河南の地が平定されたことをまずは喜ぼう。
鄴城の包囲がとかれたかどうかは、今は問うまい。
多くの戦いで今は誰が無事でいることやら。
三年のあいだお前の帰りを待ち望んでいる。
ふるさとでは花がひとりでに開き、
春の日に鳥もまた飛んでいる。
それなのに炊事の煙はもう長いあいだ途絶え、
どこからも稀にしか便りがない。

済州にいる弟を思って作った二首連作のうちの第二首目。乾元二年（七五九）春の作。杜甫は前年の乾元元年の冬、賊将安慶緒（あんけいしょ）が洛陽を棄てて逃げたため、華州から洛陽に帰ることができた。頸聯（五句・六句）は人間の世界とは異なって規則正しく循環する自然を詠う。他の聯がすべて〝人事〟だけに、この頸聯の素朴な詠い方が印象的。

【詩形】五言律詩
【押韻】囲、帰、飛、稀（上平声・五微）
◉且喜　まずは喜ぶ。◉河南定　河南の地が平定された。洛陽が賊軍の手より回復されたことをいう。◉不問　問題としない。喜びによってしばらく問わない。◉鄴城囲　鄴城の包囲がとかれたかどうか。乾元元年（七五八）十一月、朔方節度使郭子儀ら九節度使の軍が賊軍の立て籠もる鄴城を囲んだ。鄴城は河南省安陽市。◉百戦　多くの戦い。◉今誰在　今は誰が無事でいるだろうか。◉三年　至徳二年（七五七）以後をいう。◉望汝帰　お前が帰ってくるのを待ち望んでいる。◉故園　ふるさとの庭園。転じて、ふるさと。◉花自発　花がひとりでに開く。「自」は人間世界の出来事とは無関係に、の意。「発」は「開」と同じ。◉断絶　途絶える。◉人煙　炊事の煙。図版はこの下に「少」

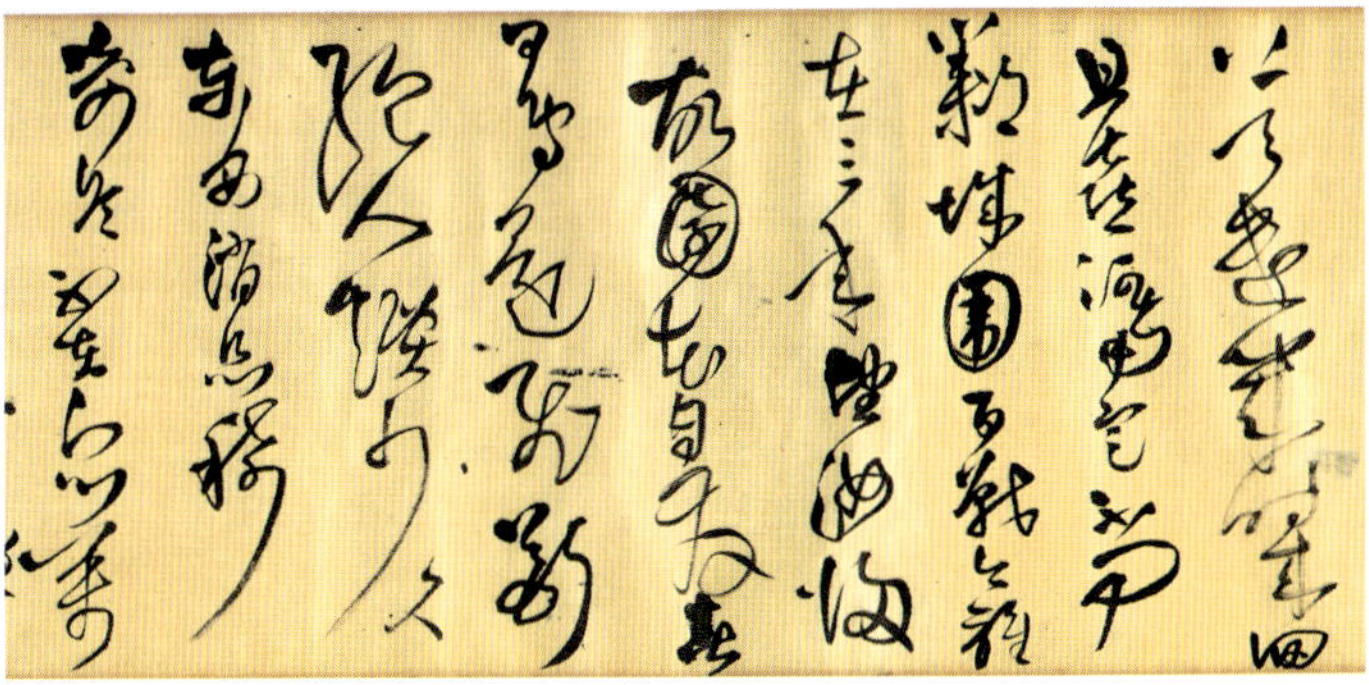

の一字がある。◉東西　東と西。どこからも。◉消息　たより。

觀安西兵過赴關中待命二首

安西の兵の過ぐるを観る 関中に赴きて命を待つなり二首（うち一首）……杜甫

其二

奇兵不レ在レ衆
萬馬救二中原一
談笑無二河北一
心肝奉二至尊一
孤雲隨二殺氣一
飛鳥避二轅門一
竟日留歡樂
城池未レ覺レ喧

其の二

奇兵　衆に在らず
萬馬　中原を救わんとす
談笑　河北を無みし
心肝　至尊に奉ず
孤雲　殺気随い
飛鳥　轅門を避く
竟日　留まりて歓楽し
城池　未だ喧しきを覚えず

兵法は奇策が大事で兵士の数の多さにはない。
この安西の軍は多くの兵馬で中原の地方を救おうとしているのだ。
将士は談笑のうちにもはやくも河北道を無視し、
心はひとすじにわが君にささげている。
一片の雲にも殺気が高くのぼり、
鳥はその威風を恐れて軍門をさけて飛ぶ。
終日ここに留まって歓楽しているが、
華州の城（まち）では少しもやかましさを感じない。

安西都護府に属する軍が華州を過ぎるのを観て作った詩。その軍はこれから関中へ行って将来の行動について天子の命を待つのである。乾元元年（七五八）の作。詩は、軍の威風堂々とし、天子に忠誠を尽くし、規律あるさまを詠う。

【詩形】五言律詩
【押韻】原、尊、門、喧（上平声・十三元）
◉安西　安西都護府。甘粛省。◉過華州を過ぎる。◉関中　長安付近をいう。◉待命　天子の命を待つ。◉奇兵不在衆　兵法は奇策が大事で、兵士の数の多さにはない。晋の安帝のとき、沈田子が「兵は奇を用いるを貴ぶ、必ずしも衆に在らず」と言ったのを踏まえる。◉萬馬　多くの兵馬。◉中原　黄河南北の地方。◉無河北　河北道を無視する。河北道は、孟・懐・魏・博・相・衛・貝等の二十九州を領していて、賊将安慶緒は相・衛に拠っていた。◉心肝　こころ。◉奉　ささげたてまつる。◉至尊　天子。粛宗。◉孤雲　一片の雲。◉随殺気　殺気が雲にしたがって下から高くのぼる。◉避鳥が威風をさけて飛ぶこと。◉轅門　車を積んでその梶棒をむかいあ

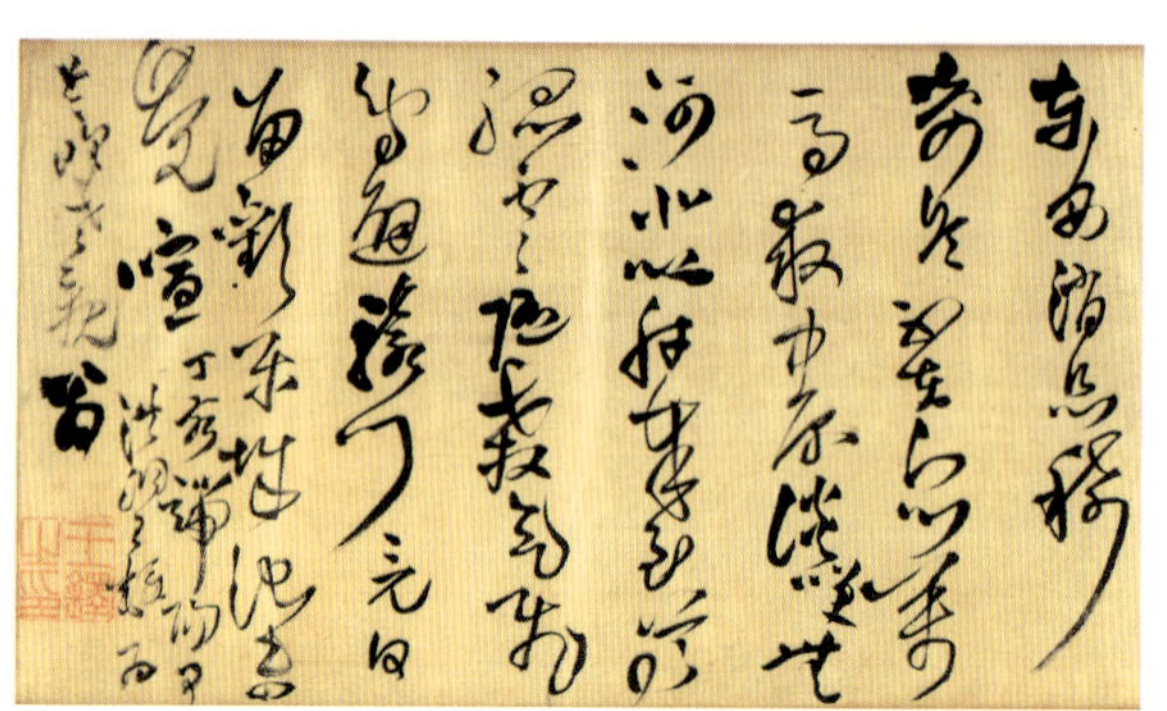

わせにした門。軍門をいう。◉竟日
終日。◉留　華州に逗留する。◉
城池　城の堀。華州の城。◉喧
やかましい。

送高三十五書記十五韻

高三十五書記を送る十五韻……杜甫

崆峒小麥熟
且願休王師
請公問主將
焉用窮荒爲
饑鷹未飽肉
側翅隨人飛
高生跨鞍馬
有似幽并兒
脱身簿尉中
始與捶楚辭

崆峒　小麦熟す
且つ願わくは　王師を休めよ
請う　公　主将に問え
焉くんぞ窮荒を用て為さんと
饑鷹　未だ肉に飽かず
翅を側てて人に随って飛ぶ
高生　鞍馬に跨がるは
幽并の児に似たる有り
身を簿尉の中より脱し
始めて捶楚と辞す

借問今何官
觸熱向武威
答云一書記
所愧國士知
人寔不易知
更須愼其儀
十年出幕府
自可持旌麾
此行既特達
足以慰所思
男兒功名遂
亦在老大時
常恨結驩淺

借問す　今何の官にして
熱に触れて武威に向かうやと
答えて云う　一書記
愧ずる所は　国士として知らると
人　寔に知り易からず
更に須らく其の儀を慎しむべし
十年にして幕府を出でなば
自ずから旌麾を持す可し
此の行　既に特達す
以て所思を慰むるに足る
男児　功名の遂ぐるは
亦た老大の時に在り
常に恨む　驩を結ぶことの浅きを

各在二天一涯一
又如二參與レ商
慘慘中腸悲
驚風吹二鴻鵠一
不レ得二相追隨一
黃塵翳二沙漠一
念二子何當レ歸
邊城有二餘力一
早寄二從軍詩一

各(おの)おの天(てん)の一涯(いちがい)に在(あ)り
又(ま)た參(しん)と商(しょう)との如(ごと)くならんとし
慘慘(さんさん)として中腸(ちゅうちょう)悲(かな)しむ
驚風(けいふう)　鴻鵠(こうこく)を吹(ふ)き
相(あ)い追隨(ついずい)するを得(え)ず
黃塵(こうじん)　沙漠(さばく)を翳(おお)う
子(し)が何(いつ)か当(まさ)に帰(かえ)るべきかを念(おも)う
辺城(へんじょう)　餘力(よりょく)有(あ)らば
早(はや)く從軍(じゅうぐん)の詩(し)を寄(よ)せよ

崆峒山のあたりでは小麦の熟するころ、
どうかしばらくは官軍を休息させてほしいものです。
君はひとつ主将にたずねてみてください。
吐蕃と事をかまえて、辺鄙な荒れた土地を取ってどうする気なのかと。
肉を腹一杯食べていない飢えた鷹は、
羽をそばだてて人について飛ぶというが、君もまたそうですか。
君が鞍馬に跨がる姿は、
幽州や弁州の若者に似て勇ましい。
いまこそ君は主簿県尉の境遇から抜け出して、
やっと人をむち打つ身分から免れることができました。
ちょっとお尋ねしますが、今度は何の役目で、
熱気に触れるこの暑い夏に武威の方面に向かうのか、と。
君は答えて云う、自分は一書記に過ぎないが、
かたじけなくも国士として知遇を得たのだ、と。
人はなかなか認められにくいものゆえ、
君はいままでよりももっと身を慎しまなければいけません。
十年も経って幕府を出るときには、
君は自然と采配を手に持つ身分になっていることでしょう。
この度の赴任も、すでに特別な出世で、

【詩形】五言古詩
【押韻】偶数句の第五字目（上平声・四支）
◉高三十五書記　高適（?～七六五）、字は達夫、または仲武。三十五は排行。滄州渤海（山東省浜州）の人。天宝十一年（七五二）ころ武威軍（甘粛省武威県）に駐屯する河西節度使哥舒翰の掌書記となった。◉崆峒　山の名。武威県の西にある。◉小麦熟　麦が実る。初夏の頃。◉且願　どうか～してほしいと願う。◉休　休息する。◉王師　官軍。哥舒翰の兵。◉公　高適をさす。◉主将　高適の主人である大将。哥舒翰をさす。◉焉用～為　どうして用いる必要があろうか、ない。◉窮荒　不毛の地。◉饑鷹　餓えた鷹。不遇のため哥舒翰の部下となった高適をたとえる。『魏志』に曹操が呂布を評して「譬えば鷹を養うが如し、餓うれば則ち用を為し、飽かば則ち颺り去らん」と言う。

私の心配をやわらげるのに十分です。
男児が功名を遂げられるのは、
年老いた時だ（だから、将来の大成が楽しみです）。
いつも君との親交の浅いことを残念に思っていたのに、
これからはたがいに天の果てに居ることになります。
そうして參と商のように逢えなくなるかと思うと、
腸が痛み何とも悲しくてたまりません。
はげしい風がおおとりを遠くに吹き去ろうとしているのに、
私はそれについて行くことができないのです。
黄塵が沙漠を暗くおおっていることでしょう。
君はいつ帰ることができるのでしょうか。
国境の町の任務に余裕ができたら、
早く従軍の詩をよこしてください。

当時、毎年麦が熟す時になると、吐蕃が入寇して収穫を奪った。そこで天宝六年、哥舒翰（かじょかん）はあらかじめ伏兵を用意して吐蕃と戦い、一人も残さず討ち取った。しかし、のちはいたずらに兵を出して戦い、たびたび敗れた。高適（こうせき）が哥舒翰の書記として従軍したのは天宝十一年（七五二）ころの麦の熟する初夏であった。官軍を休息させよ、辺鄙な荒れた土地

◉側翅　羽をそばだてる。◉高生　高適。◉幽幷児　幽州（河北省北部）と幷州（山西省）の若者。この地には古来遊俠の徒が多かった。◉脱身　危険な状態などから抜け出す。◉簿尉　簿は州県の書記、尉は警察をつかさどる役人。高適は封丘の尉だった。◉始　こんどはじめて。◉捶楚　捶はむちうつこと。楚はいばらのむち。簿や尉は罪人をむち打つのが職務だった。◉辞　辞去する。いとまごいをする。◉借問　借りに問う。ちょっと尋ねる。次の句までかかる。◉触熱　暑さに触れる。夏をいう。◉武威　涼州府。河西節度使のいる所。◉答云　高適の答え。次の句までかかる。◉愧　恥じる。◉国士知　国士として知遇をうける。「国士」は一国中で最も優れた人物。司馬遷の『史記』刺客列伝、予譲のことばに「智伯に至りては国士もて我を遇せり。我故に国士もて之に報ゆ」とある。

を奪って何になるのだ、と、杜甫は反戦の意を明らかにする。
図版は一〇二・一〇三頁に掲載。

◉人寔不易知　人を知ることは容易ではない。『史記』范雎(はんすい)伝に「人固(もと)より知り易からざるなり。人を知るも亦た未だ易からざるなり」とある。「寔」は「実」に作るテキストもある。◉慎其儀　自分の品行を慎む。「儀」は、威儀、品位をいう。◉十年　おおよその年月を言う。◉幕府　河西節度の幕府。◉持旄麾　旗や采配を持つ。軍の長官になることを言う。「旄」は、はた。「麾」は、軍を指揮する采配。◉特達　特別に衆にぬきんでる。◉足以　十分～できる。◉所思　思い。ここは作者の思い。◉老大時　老成の時。十年後を想像して言う。◉常恨　常々残念に思う。◉結驩浅　親交が浅い。◉天一涯　天の一方の果て。◉参・商　二つの星の名。「参」はオリオン座。「商」は明けの明星。両星は天空に同時に出ることはなく、会いがたいことを言う。◉惨惨　もの悲しいさま。◉驚風　はげしい風。◉鴻鵠　おおとりと、こうのとり。大きい鳥。高適になぞらえる。◉追随　後に付き従う。◉黄塵　黄色い塵埃。◉翳　暗くおおう。◉念　思う。◉何　いつ。図版は「何当」が「当何」になっている。◉辺城　国境の町。◉従軍詩　従軍の詩。魏の王粲に有名な従軍の詩がある。

贈李白

李白に贈る ……………… 杜甫

二年客二東都一
所レ歷厭二機巧一
野人對二羶腥一
蔬食常不レ飽
豈無三青精飯
使二我顏色好一
苦レ乏二大藥資一
山林跡如レ掃
李侯金閨彥
脫レ身事二幽討一

二年　東都に客たり
歷る所　機巧に厭く
野人　羶腥に対し
蔬食　常に飽かず
豈に青精の飯の
我が顏色をして好から使むる無からんや
大藥の資に乏しきを苦しみ
山林　跡　掃うが如し
李侯は金閨の彥
身を脫して幽討を事とす

亦有二梁宋遊一
方期レ拾二瑤草一

亦た梁宋の遊有り
方に瑤草を拾わんと期す

二年間洛陽にさすらい、
いやになるほど狡知策略に翻弄された。
農民（私）は肉料理を前にするだけで、
粗食でさえいつも腹一杯食べられないのだ。
仙人のご飯は、
私の顔色を生き生きさせないはずはない。
だが、貴重な薬を手に入れる手がかりに乏しく、
山中の森には人間の足跡が掃いたようにない。
ところが、李白殿、翰林院のエリート様は、
いやな役所を抜け出て幽遠な自然探求に専念されることになった。
やはり梁宋の旅をされ、
今まさに瑤草を摘もうと期待に胸がふくらんでいることでしょう。

天宝三年（七四四）、宮廷から追放された李白と、科挙に落第して失意のなかにいた杜甫が、洛陽で初めて出会った。李白四十四歳、杜甫三十

【詩形】五言古詩
【押韻】巧、飽、好、掃、討、草（上声・十八巧、十九皓）
◉二年客東都　二年間洛陽にさすらった。「客」は、旅人、放浪。「東都」は洛陽。杜甫は開元二十九年（七四一）三十歳のとき、斉趙より洛陽に帰ってきていた。この詩が作られたのは天宝三年（七四四）とされる。◉所歴　経歴したこと。◉厭機巧　狡知策略がいやになる。◉野人　素朴な農民。自分をいう。◉対羶腥　肉料理のなまぐささを前にする。◉蔬食　粗末な食事。◉常不飽　いつも腹一杯食べられない。◉豈無　無いはずがない。◉青精飯　仙人のご飯。仙界の食物。◉使我顔色好　私の顔色を生き生きさせ

三歳である。二人は意気投合して二年あまりいっしょに放浪の旅に出て、杜甫は宮廷詩人として名を馳せていた李白から大きな影響を受けた。二人は別れてからは二度と会うことはなかったが、杜甫は李白の身を案じ、再会を念じながら、李白を思う詩を十五篇残している。この詩はその一つで、現状への不満と自由気ままな李白へのあこがれを詠っている。
図版は一〇三・一〇四頁に掲載。

る。◉苦乏　～に乏しいことを悩む。◉大薬資　貴重な薬を手に入れる手がかり。「青精飯」も大薬のひとつ。◉山林　山中の森。仙人・隠者のすむところ。◉跡如掃　人間の足跡が箒ではいたように希有である。◉李侯　李白。◉金閨彦　翰林院の才能ある士。「金閨」は、翰林院（天子の秘書所）の入り口にある門。「彦」は、才能のある士。◉脱身　いやなことから抜け出る。◉事　専念する。◉幽討　幽遠な自然を探求すること。◉亦有　私と同じように、またある。◉梁宋遊　梁（河南省開封）宋（河南省商丘）に旅をする。「梁宋」は河南省北部一帯をさす。◉方期　今まさに期待でいっぱいだ。◉拾　摘む。◉瑶草　神仙の地に生えているという植物。

遊龍門奉先寺

龍門の奉先寺に遊ぶ…………杜甫

已従二招提遊一
更宿二招提境一
陰壑生二虚籟一
月林散二清影一
天闕象緯逼
雲臥衣裳冷
欲レ覚聞二晨鐘一
令三人発二深省一

已に招提の遊びに従い
更に招提の境に宿す
陰壑　虚籟生じ
月林　清影散ず
天闕　象緯逼り
雲臥　衣裳冷やかなり
覚めんと欲して晨鐘を聞けば
人をして深省を発せしむ

寺の境内を気ままに見てまわったあと、
さらに寺に泊まることになった。
北の谷ではさびしく風の音がひびき、
月下の森には清らかな光りがきらめく。
天宮の門のような絶壁には無数の星が降るように輝き、
雲のなかで横になっていると着物が冷たい。
眠りから覚める頃、夜明けの鐘が聞こえ、
私に深い内省の気持ちを起こさせる。

開元二十四年（七三六）杜甫二十五歳ころの作品。頷聯（三・四句）は谷を吹きわたる風と月に照らされる森、頸聯（五・六句）は龍門の上の降るような星を詠い、奉先寺の清浄でおごそかな雰囲気を出している。
図版は一〇四頁に掲載。

【詩形】五言律詩
【押韻】境、影、冷、省（上声・二十三梗）
◉龍門　河南省洛陽市の西南、伊水の両岸にそびえる絶壁。◉奉先寺　龍門の西岸にある寺。◉已　もはや、とっくに。◉従〜遊　自由に遊ぶ。◉招提　寺院。◉陰壑　山の北側にある谷。◉虚籟　うつろな響き。風のこと。◉月林　月明かりに照らされている森。◉清影　清らかな光り。◉天闕　天の宮門。山や絶壁が向かいあって門のようになっているので言う。◉象緯　星象経緯の略。星の象（すがた）が経（たて）と緯（よこ）に広がっていること。星々をいう。◉雲臥　雲の中で横になる。世俗をはなれたところで横になること。◉晨鐘　夜明けの鐘。◉令人〜　人に〜させる。使役の用法。ここの「人」は自分のこと。客観的に表現した。◉深省　深い内省。

望嶽

嶽を望む …… 杜甫

岱宗夫如何
齊魯青未了
造化鍾神秀
陰陽割昏曉
盪胸生層雲
決眥入歸鳥
會當凌絶頂
一覽衆山小

岱宗 夫れ如何
斉魯 青 未だ了らず
造化 神秀を鍾め
陰陽 昏暁を割つ
胸を盪かして層雲生じ
眥を決して帰鳥入る
会ず当に絶頂を凌いで
衆山の小なるを一覧すべし

岱宗（泰山）は、さてどのような山か。
斉から魯にかけて、山の青い色がずっと続いている。
造物主はここにすぐれた気を集め、
月と太陽の働きによって夜と朝との明暗を交代させる。
雲が次々と湧くさまに我が胸はときめき、
ねぐらへ帰る鳥が山中に入って行くさまを目を見開いてじっと見る。
私もいつか必ずきっと絶頂に立って、
小さな山々を眺めわたそう。

開元年間の終わり、杜甫三十歳ころの作。河南・山東に放浪生活を送っていた。二句目の広がりから頷聯（三・四句）へと山の高大さが詠われ、五岳筆頭の名山を印象づける。尾聯（七句・八句）は将来の抱負が述べられている。図版は一〇五頁に掲載。

法若真（ほうじゃくしん）（一六一三～一六九六）
明末清初、山東省膠州の人。字は漢儒、号は黄石。また黄山とも号した。順治三年（一六四六）の進士。清の康熙十八年（一六七九）の博学鴻詞。官は安徽布政使。詩文に巧みで、書画を得意とした。著に『黄山詩留』がある。

【詩形】五言律詩
【押韻】了、曉、鳥、小（上声・十七篠）
◉岱宗　泰山。山東平野の中心部にある。「宗」は、本家、かしら、の意。五岳の筆頭である。◉夫如何　さてどうであろうか。◉斉魯　春秋時代の二つの国。「斉」は山東省東部で泰山の北、「魯」は山東省中部で、泰山の南に当たる。◉青未了　山の青い色がずっと続いている。◉造化　天地を造った神。◉鍾　集める。◉神秀　神妙な霊気。◉陰陽　陰の気と陽の気。月と太陽。◉昏暁　夜と朝。◉盪胸　胸をときめかせる。◉層雲　積み重なった雲。◉決眥　目を見開いてじっと見る。◉入帰鳥　ねぐらへ帰る鳥が山に入る。◉会当　必ず～しよう。◉凌絶頂　山の頂上に登り立つ。◉一覧　眺めわたす。◉衆山小　多くの山を小さなものとする。天下を小さなものと見なす。

P.89

P.95◄

可不逃討亦勞生
宋遊子所好陵
岑
上逈脩極遊文容招
提携淩清宵雲花彩
日群鶩清飛天湘
象仰逾亞而郁乎不
作不觉入間氣紛紜
多人靈氣者

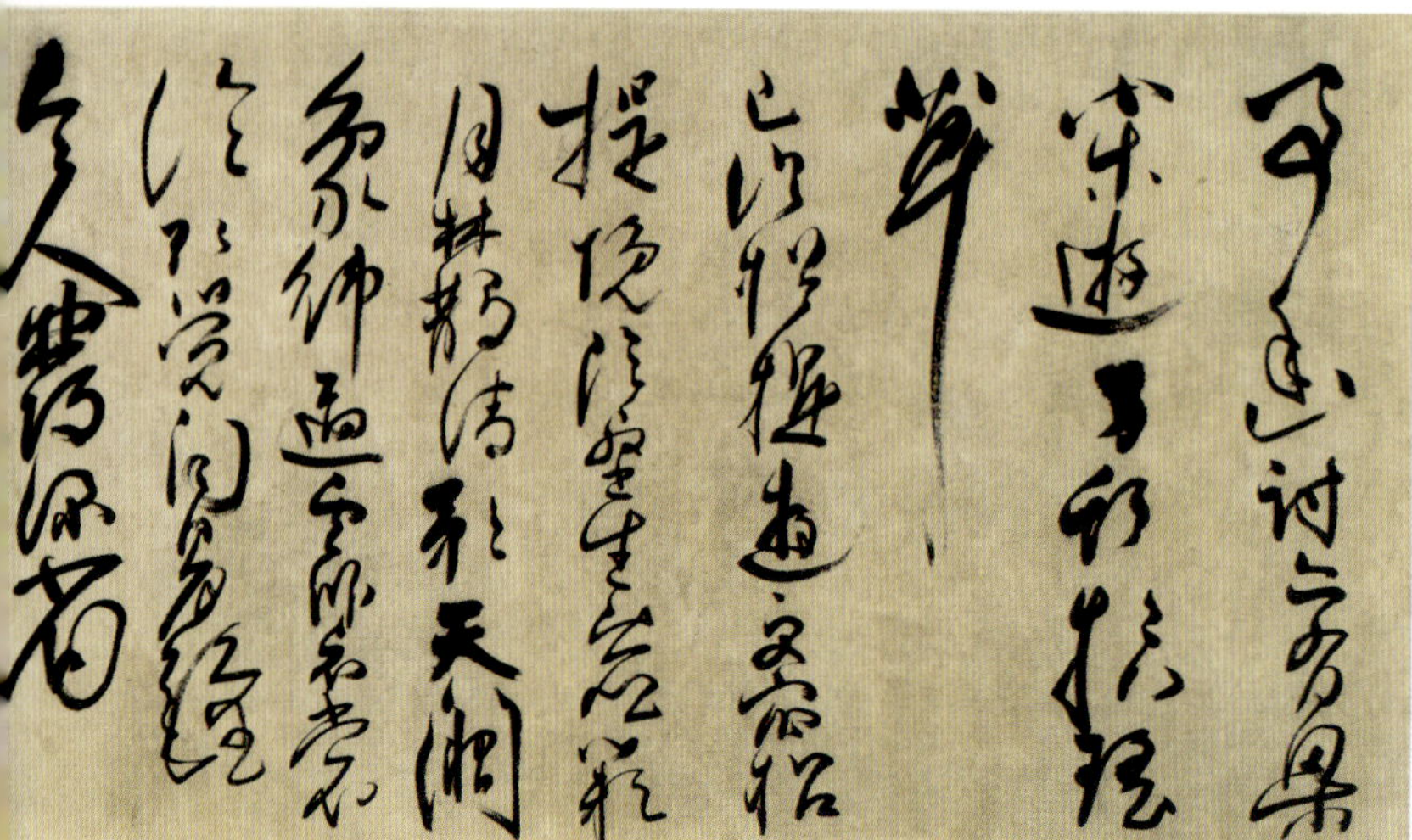

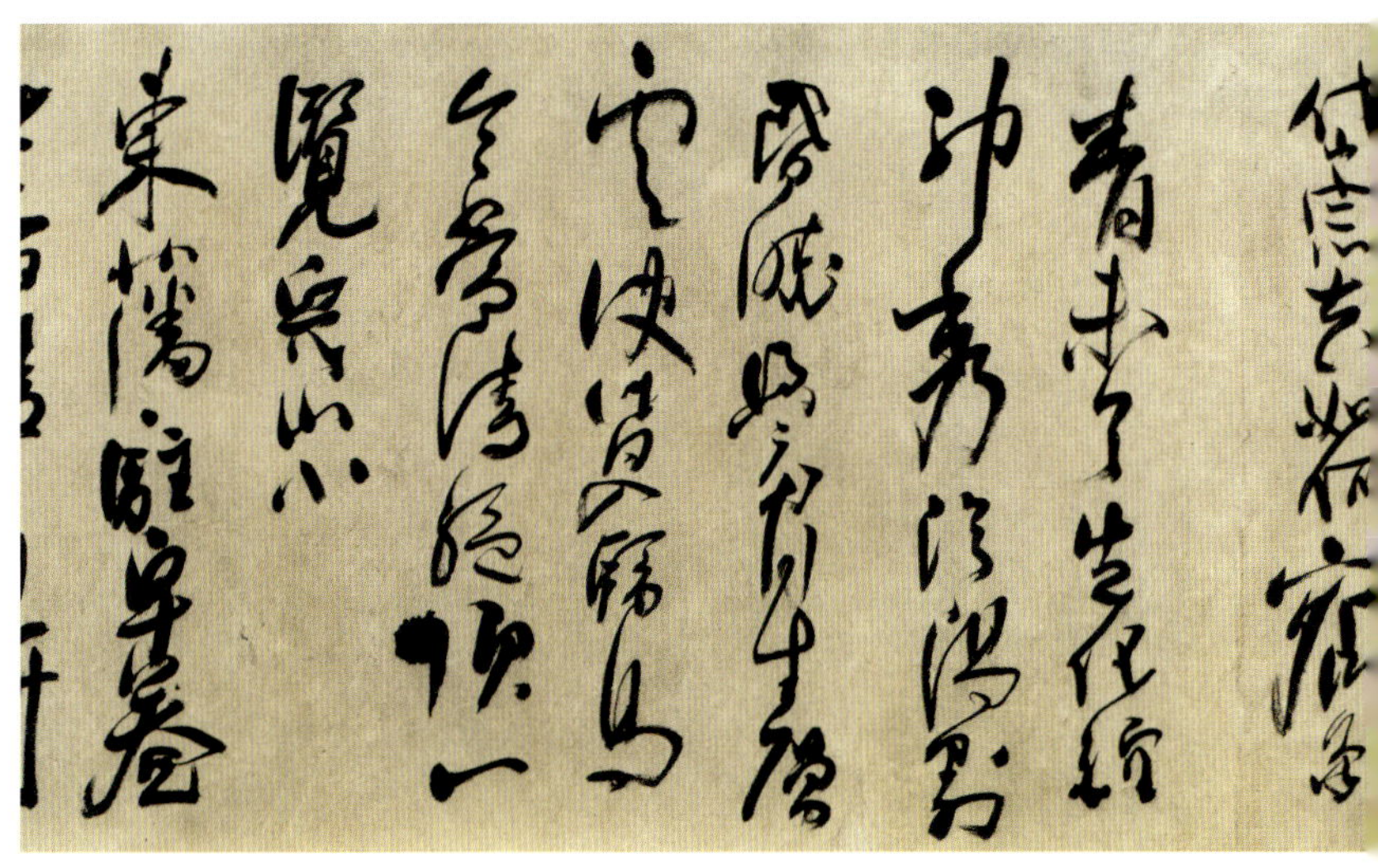

P.100

杜甫詩巻　法若真書　上海博物館

蜀相

蜀相（しょくしょう）……杜（と）甫（ほ）

丞相祠堂何処尋
錦官城外柏森森
映レ堦碧草自春色
隔レ葉黄鸝空好音
三顧頻繁天下計
両朝開済老臣心
出師未レ捷身先死
長使二英雄涙満一レ襟

丞相（じょうしょう）の祠堂（しどう）　何（いず）れの処（ところ）にか尋（たず）ねん
錦官城外（きんかんじょうがい）　柏森森（はくしんしん）
堦（かい）に映（えい）ずる碧草（へきそう）は自（おの）ずから春色（しゅんしょく）
葉（は）を隔（へだ）つる黄鸝（こうり）は空（むな）しく好音（こういん）
三顧頻繁（さんこひんぱん）なり　天下（てんか）の計（けい）
両朝開済（りょうちょうかいさい）す　老臣（ろうしん）の心（こころ）
出師（すいし）　未（いま）だ捷（か）たずして　身（み）先（ま）ず死（し）し
長（とこし）えに英雄（えいゆう）をして　涙（なみだ）　襟（えり）に満（み）たしむ

蜀の宰相諸葛亮孔明の祠は、どこに尋ねたらよいのだろうか。

成都郊外の柏がこんもり繁っているところがそれだ。

祠堂の階段に映える緑色の草は、人の世に関係なくおのずから春のよそおいを凝らし、
葉かげで鳴くウグイスは、聞く者がいない中で美しくさえずる。

昔、劉備は、孔明の草堂を頻繁に訪れ、天下を治める策をたずねた。

孔明は心を動かされて先主劉備と後主劉禅の二代に仕え、創業と守成とに老臣のまごころを尽くした。

しかし、魏討伐の軍を出してまだ勝利しないうちに、その身が先に死んでしまい、
永遠に後世の英雄たちに涙を流させ、襟をぬらさせることになった。


上元元年（七六〇）杜甫四十九歳の作。前年の十二月、成都にたどり着いた作者が敬慕する孔明の廟に詣でた感慨を詠じたもの。前半は廟の景色。頷聯（三・四句）の対句は見事で、「自」「空」に作者の「おもい」が託されている。「空しさ」は後半の、孔明のような大人物がいない空しさへと連なる。孔明の「出師の表」は、感涙をさそう名文とされる。

【詩形】七言律詩
【押韻】森、音、心、襟（下平声・十二侵）
◉蜀相　蜀の宰相諸葛亮（一八一～二三四）。字、孔明。◉丞相　宰相。◉祠堂　ほこら。武侯祠。◉何処尋　どこに尋ねたらよいか。◉錦官城　成都。「錦官」は錦をつかさどる官。その官が置かれたので言う。◉柏　ひのきの一種。コノテガシワ。◉森森　こんもり繁るさま。◉映堦　祠堂の階段に映える。◉碧草　緑色の草。◉自春色　人の世に関係なくおのずから春のよそおいを凝らす。◉隔葉　葉かげ。図版は「隔岸」になっている。◉黄鸝　コウライウグイス。◉空好音　聞く者がいない中で美しく囀る。◉三顧　劉備が孔明の草堂を何度も訪れ軍師となることを求めたこと。三顧の礼。◉頻繁　何度も足繁く。◉天下計　天下を治める策。孔明は「天下三分の計」を説いたという。◉両朝

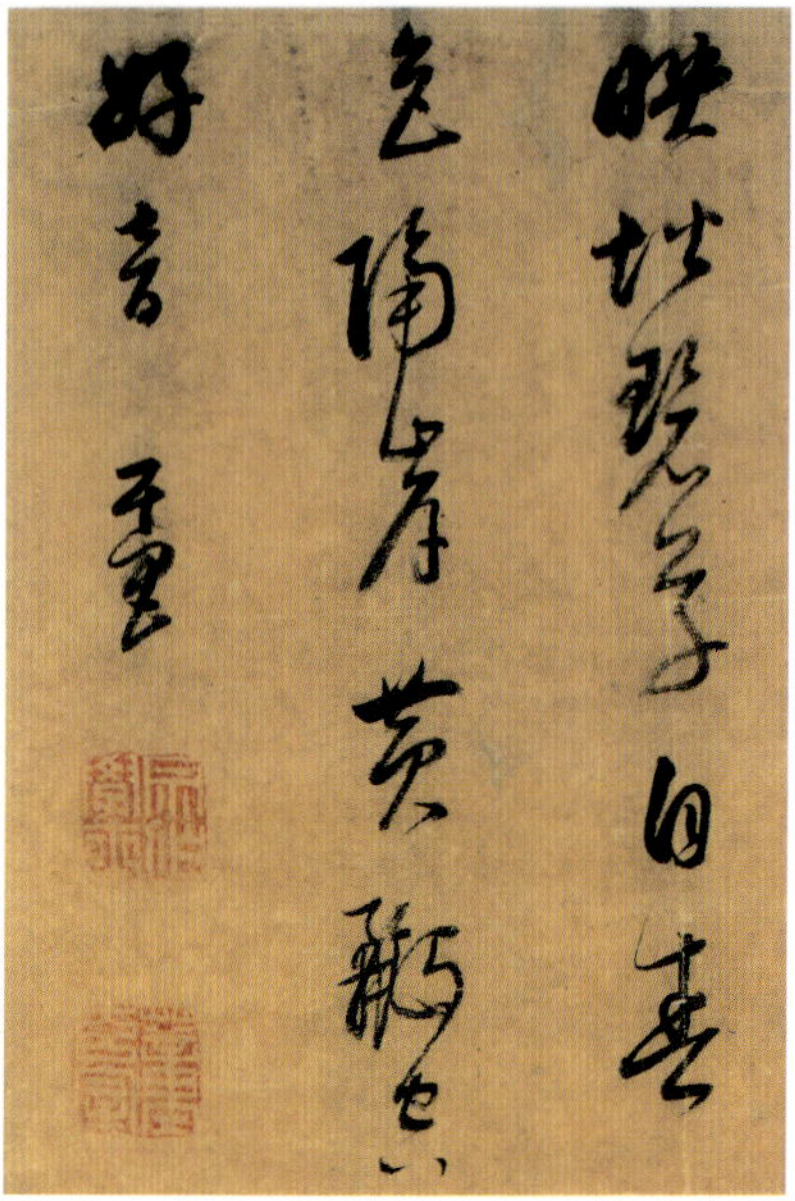

董其昌（とうきしょう）（一五五五～一六三六）

明末、松江華亭（江蘇省）の人。字は玄宰、号は思白。萬暦十七年（一五八九）の進士。庶吉士に改められ、編集を授けられた。皇太子の講官、のち湖広学政となったが、権力者に怨まれ、辞職を願い出る。光宗帝が立つと、召されて太常少卿となり、天啓二年（一六二二）本寺卿に抜擢され、侍読学士を兼ね、翌年辞職。太子太傅を贈られ、文敏と諡（おくりな）された。書は諸家を学んで始めて北宋の米芾（べいふつ）を宗とし、後に一家を成し、その名は国外にも知れ渡った。著に『画禅室随筆』『容台文集』などがある。

杜甫「蜀相」　董其昌書

先主劉備と後主劉禅の二代の朝廷。◉開済　創業と守成。劉備とともに国の基礎を築き、劉禅を補佐して国をよく治めたことをいう。◉老臣心　老臣のまごころ。老臣は孔明をさす。◉出師　軍隊を出す。◉未捷　勝利しない。◉身先死　魏の討伐に勝利しないうちにその身が先に死んだこと。◉長　永遠に。◉使　使役の助字。◉英雄　後世の英雄たち。◉涙満襟　涙で襟が濡れる。

秋興八首

秋興八首（うち一首）……杜甫

其七

昆明池水漢時功
武帝旌旗在眼中
織女機絲虛夜月
石鯨鱗甲動秋風
波漂菰米沈雲黑
露冷蓮房墜粉紅
關塞極天唯鳥道
江湖滿地一漁翁

其の七

昆明の池水　漢時の功
武帝の旌旗　眼中に在り
織女の機糸は夜月に虚しく
石鯨の鱗甲は秋風に動く
波は菰米を漂わして沈雲黒く
露は蓮房に冷やかにして墜粉紅なり
関塞　極天　唯だ鳥道
江湖　満地　一漁翁

昆明池は漢の時代の遺跡。
武帝の軍艦が旌(はた)をたてて浮かんでいる様子が目の前にはっきりと見える。
しかし今は織女の持っている機織りの糸が月夜に虚しくかがやき、
石の鯨の鱗が秋風に動いているだけである。
波に漂うまこもの実は沈んだ雲のように黒く、
露の冷やかに置くハスの花房からこぼれ落ちる花粉は紅い。
ここ辺境の地は大空高く険しい山道があるだけ。
私は、大川や湖がひろがるなかに身をおき、漁をする一人のじいさんに過ぎない。

「秋興」八首の第七首目。杜甫五十五歳、夔州(きしゅう)での作。三・四句は、荒廃した長安の秋の夜景を幻想のなかで詠う。五・六句は、水中に漂う黒い真菰(まこも)とハスの花から流れる紅いしずくを詠って、何とも不気味である。故郷長安に帰れない杜甫の深い絶望感のあらわれであろう。七・八句は、幻想から一転して現実の世界。江湖で漁をする「一漁翁」に過ぎない、と。杜甫は、長江を下って夔州に来る途中、さすらいの身である自分を「天地の一沙鷗」(旅夜書懐)と、カモメに喩えてもいる。

【詩形】 七言律詩
【押韻】 功、中、風、紅、翁（上平声・一東）
◉秋興　秋の思い。◉昆明池水　「昆明池」は長安の西郊にあった大きな池。漢の武帝が開鑿し、軍艦を浮かべて水戦を習わせた。「池水」は池のこと。◉漢時功　漢の時の功績。◉武帝　漢の武帝。在位、紀元前一四一年〜紀元前八七年。◉旌旗　旗さしもの。軍艦がたてていた旗。◉在眼中　目の前に浮かんでくる。◉織女　池のほとりには牽牛・織女の二星の石像が向かいあって立っていたという。◉機絲　織女の像が手に持っていた機織り糸。◉虚夜月　織女の石像がむなしく月夜に立っていること。◉石鯨　池の中に設置されていたという石造りの鯨。◉鱗甲　鯨の鱗と甲羅。◉動秋風　秋風に動く。◉波漂　波に漂う。◉菰米　まこもの実。色が黒く、食用に供された。

祝允明（しゅくいんめい）（一四六〇～一五二六）

明、南京長洲（江蘇省蘇州）の人。字は希哲。枝指（六本指）だったので、枝指生、あるいは枝山と号した。徐禎卿（じょていけい）、唐寅（とういん）、文徴明（ぶんちょうめい）と「呉中四才子」と言われた。九歳で詩を作り、文章は奇気に溢れる。弘治五年（一四九二）挙人になり応天府通判に任ぜられたが、間もなくやめて帰り、放誕不羈な生活を送った。俗物を蔑視し、いつも友人を集めて豪遊したので、一歩外に出ると借金取りに追いかけられたという。書に巧みでその名が天下にとどろき、書を求める者があとをたたなかった。著に『前聞記』『九朝野記』『懐星堂集』などがある。

◉沈雲黒　水中に沈んだ雲のように黒い。「菰米」の黒いことを言う。◉露冷　露が冷たい。◉蓮房　はすの実のある花房。◉墜粉紅　こぼれ落ちる花粉が紅い。◉関塞　関所のある要塞。都から遠く離れている辺境の地であることを言う。杜甫のいる夔州をさす。◉極天　天を極めた最も高いところ。大空高く。◉鳥道　鳥だけが通うことのできる道。鳥しか越えられない険しい山道。◉江湖　大川と湖。◉満地　大地に満ちる。◉一漁翁　一人の漁師のじいさん。

杜甫「秋興八首」其七　祝允明書　遼寧省博物館

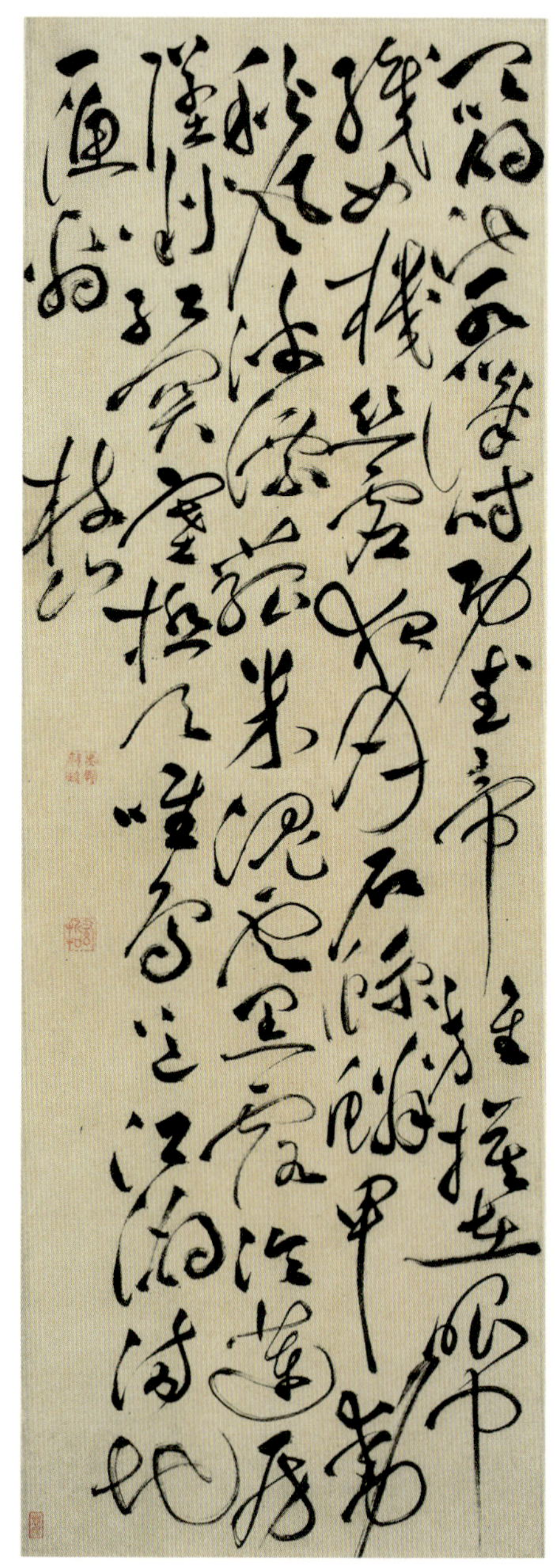

自鞏洛舟行入黄河即事寄府縣僚友

鞏洛より舟にて行きて黄河に入り
事に即して府県の僚友に寄す………韋応物

夾レ水蒼山路向レ東
東南山豁大河通
寒樹依微遠天外
夕陽明滅亂流中
孤村幾歳臨二伊岸一
一鴈初晴下二朔風一
爲報洛橋遊宦侶
扁舟不レ繫與レ心同

水を夾んで　蒼山　路　東に向かい
東南　山豁けて　大河通ず
寒樹は依微たり　遠天の外
夕陽は明滅す　乱流の中
孤村　幾歳か　伊岸に臨み
一鴈　初めて晴れて　朔風に下る
為に報ぜよ　洛橋　遊宦の侶
扁舟　繫がざること　心と同じ

洛水を東に向かっているときは川をはさんで青い山々が連なっていたが、
東南の山々が開けたときには早くも黄河に出ていた。
寒々とした木々が遠い空の向こうにぼんやりと見え、
乱れ流れる川面に夕陽がキラキラ光っている。
伊水のほとりには何年もの間荒れたままの村が一つ取り残されている。
雨があがったばかりの空に、北風とともに一羽の雁が南へと飛んでいく。
私のために都の友人に知らせてくれ。
繋がれていない小舟が漂い流れるように、私も虚心であると。

建中四年（七八三）、滁州刺史に赴任するため舟で洛水から黄河に入ったときに詠った詩。頸聯（五句・六句）は、風景に託した作者の姿。世間から取り残された自分は、北風とともに南の赴任地へ行く、と。尾聯（七句・八句）は、荘子の説く「無能者」のように、世の摂理に身を任せて、虚心でこの世に遊ぶことを言っている。

韋応物（いおうぶつ）（七三五頃～七九〇頃）

中唐、京兆長安（陝西省西安市）の人。字は不明。名門の出であるが、若い頃は任侠を好み、玄宗の三衛郎（近衛兵）として仕えた。安禄山（あんろくざん）の乱で職を失い、勉学に励んで代宗の永泰年間（七六五～七六六）に京兆の

【詩形】七言律詩

【押韻】東、通、中、風、同（上平声・一東）

◉鞏洛　河南省鞏県と洛水。◉夾水　川を挟んで。川は洛水。◉蒼山　青い山。◉路向東　路が東に向かう。◉山豁　山が開ける。◉大河通　黄河に通じる。◉寒樹　寒々とした木。◉依微　ぼんやりしたさま。◉遠天外　遠い空の向こう。◉乱流中　乱れ流れるなか。◉伊岸　伊水の岸。◉下朔風　北風とともに南へ行く。◉為報　私のために知らせてくれ。◉洛橋　洛陽の橋。都をさす。◉遊宦侶　府縣の僚友をさす。◉扁舟不繋　小舟を繋がず流れにまかす。『荘子』列御寇に「巧者労而知者憂。無能者無所求、飽食而遨遊、汎若不繫之舟、虚而遨遊者」（巧者は労して知者は憂う。無能者は求むる所無く、飽食して遨遊し、汎として繫がざる舟の若く、虚にして遨遊する者）とある。

功曹から洛陽の丞になった。その後、櫟陽（陝西省）の令、都で比部員外郎、滁州（安徽省）刺史、江州（江西省）刺史、蘇州（江蘇省）刺史などを歴任し、善政を施した。引退後は蘇州に留まった。最後の官に因んで「韋蘇州」と呼ばれる。天性高潔、詩は王維（おうい）・孟浩然（もうこうねん）の流れを汲み、唐の自然派詩人として柳宗元（りゅうそうげん）とあわせて「王孟韋柳」と呼ばれる。清らかな山水の世界を詠って、清冽・閑寂の趣がある。『韋蘇州集』十巻がある。

◉与心同　心と同じ。

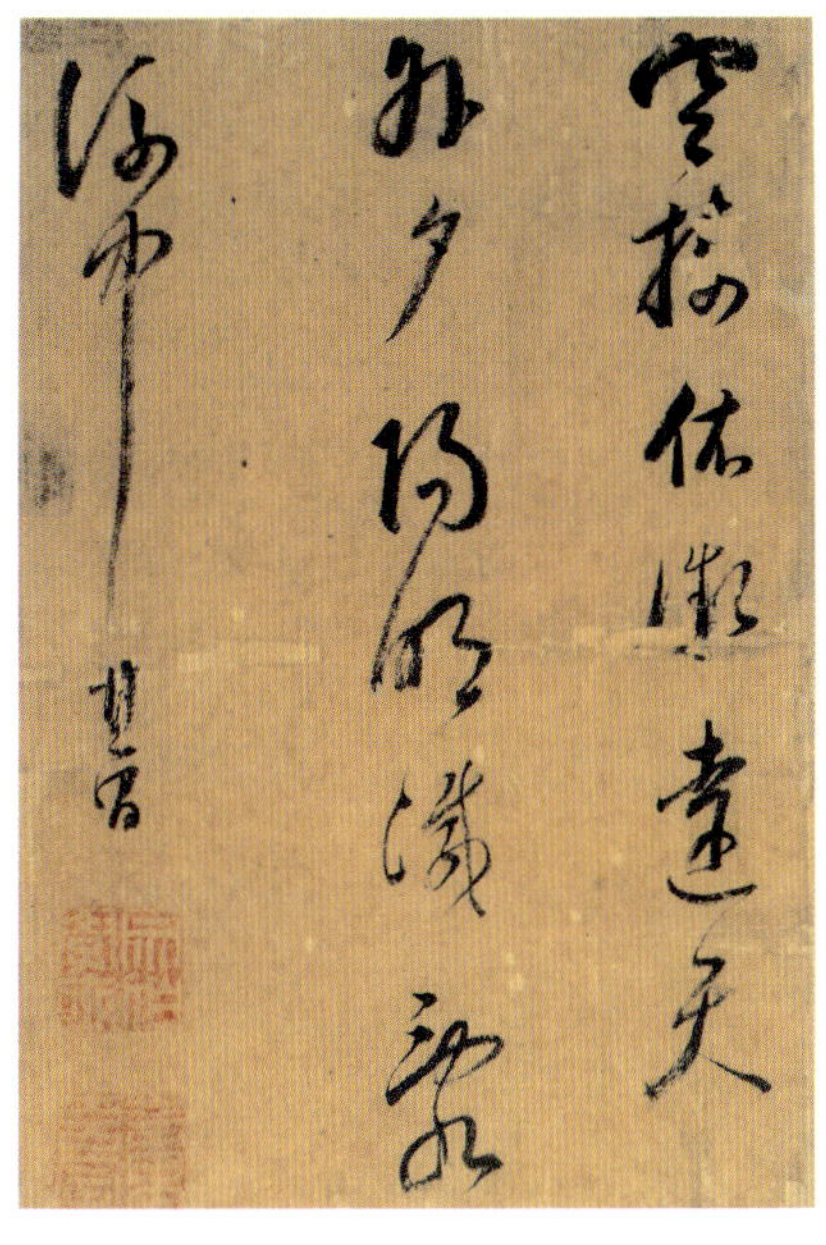

韋応物「自鞏洛舟行入黄河即事寄府県僚友」　董其昌書

秋夜寄丘二十二員外

秋夜　丘二十二員外に寄す……………韋応物

懐レ君屬二秋夜一
散歩詠二涼天一
山空松子落
幽人應レ未レ眠

君を懐うは秋夜に属す
散歩して涼天に詠ず
山空しくして　松子落つ
幽人　応に未だ眠らざるべし

君を思っている今はちょうど秋の夜。
そぞろに歩きながら、涼しい空の下で詩を口ずさむ。
山には人気(ひとけ)がなく、時々松かさの落ちる音が聞こえてくる。
世を離れて住む君は、きっとまだ眠っていないことだろう。

前半二句は、静かな秋の夜に眠れないでいる作者自身を詠う。三句目は、静寂の中の微かな音。シーンと静まりかえっている中での微かな音に、いっそう静けさが増す。四句目は、友もきっと自分と同じようにもの思いにふけって眠れないでいるだろう、と友を懐う真情を詠う。三句目は清の沈徳潜(しんとくせん)が「幽絶」と評している（『唐詩別載集』巻一九）。

【詩形】五言絶句
【押韻】天、眠（下平声・一先）
◉秋夜　秋の夜。◉寄　遠くにいる人に贈る。◉丘二十二員外　丘丹。作者の親友。蘇州嘉興の人で、諸暨(しょき)（浙江省）の県令を経て戸部員外郎（尚書省の属官）となり、辞職したのちは臨平山（浙江省）に隠棲した。「二十二」は排行（一族の同年代のものを年齢順に並べて呼ぶ番号）。「員外」は官名「員外郎」の略。◉懐　懐かしく思う。◉属　ちょうど～である。◉散歩　そぞろに歩く。◉詠　詩を口ずさむ。また、詩を作る。◉涼天　涼しい空の下で。◉山空　人気のない山。◉松子　松かさ。松の実。◉幽人　世を離れてひっそり棲む人。丘二十二を指す。◉応未眠　きっとまだ眠っていないだろう。

韋応物「秋夜寄丘二十二員外」　董其昌書

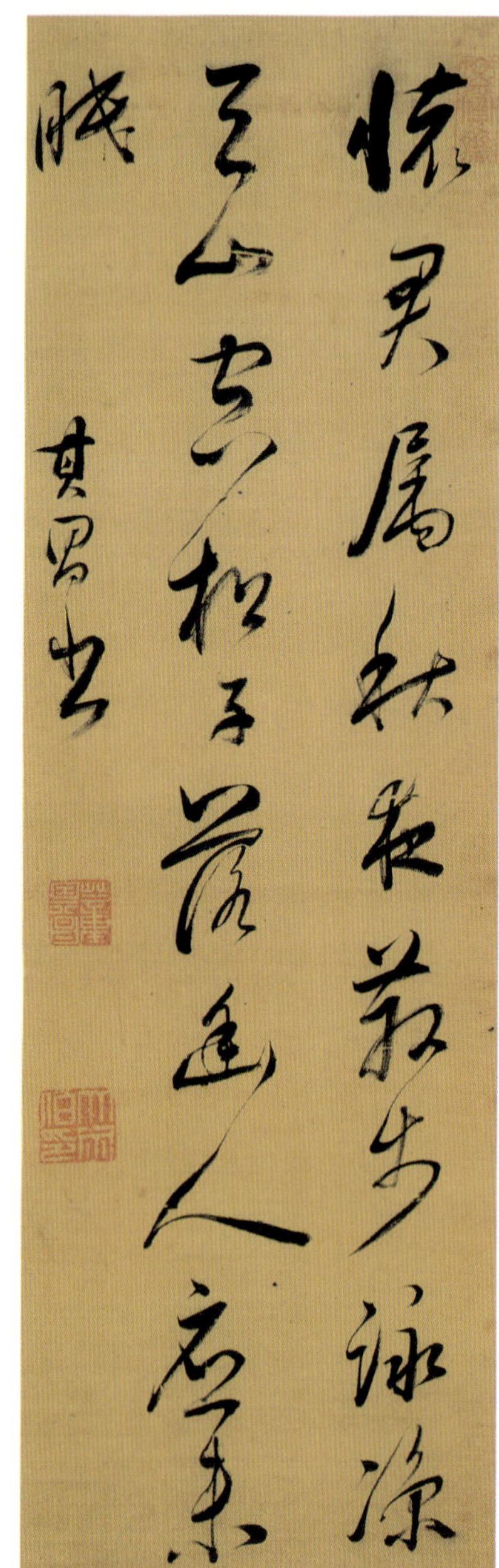

寒食雨二首

寒食の雨二首

蘇軾

其一

自我來黃州
已過三寒食
年年欲惜春
春去不容惜
今年又苦雨
兩月秋蕭瑟
臥聞海棠花
泥汙燕支雪
闇中偸負去

其の一

我　黄州に来たりし自り
已に三たびの寒食を過ごせり
年年　春を惜しまんと欲すれども
春去って惜しむを容れず
今年　又た雨に苦しむ
両月　秋　蕭瑟たり
臥して聞く　海棠の花の
泥に臙脂の雪を汙さるるを
闇中　偸かに負いて去る

夜半眞有レ力
何殊病少年
病起頭已白

夜半（やはん）　真（しん）に力（ちから）有（あ）り
何（なん）ぞ殊（こと）ならんや　病（や）める少年（しょうねん）の
病（やまい）より起（た）てば　頭（かしら）　已（すで）に白（しろ）きに

私が黄州にやって来てから、
はやくも三度目の寒食を過ごした。
毎年、春をいとおしむ気持ちはあっても、
春は容赦なく過ぎ去ってしまい、惜しむゆとりもない。
今年はその上さらに雨に苦しめられ、
二か月の間秋のようにものさびしかった。
横になって雨の音と海棠の花の香りを聞き、
その清らかな臙脂色の花びらがむなしく泥にまみれるさまを思った。
春をどこかに隠しておきたいと思っても、暗闇にまぎれてこっそり盗み
出されてしまった。
夜半には本当に春を背負って逃げる力持ちがいるのだ。
病気の若者が、病が癒えて起きあがってみると、すっかり白髪になって
いたのと、どうして異なろうか。

【詩形】五言古詩
【押韻】食、惜、瑟、雪、力、白（入声）
◉自　～から。起点を表す。◉黄州　湖北省黄州市。蘇軾が黄州に来たのは元豊三年（一〇八〇）二月。◉已過　はやくも過ぎた。◉寒食　冬至から数えて百五日目、清明節（陽暦の四月五、六日）の前日。この日をはさんで前後三日間、火を使わず冷えたものを食べる。◉年年　毎年。◉惜春　過ぎ去る春を惜しむ。◉不容惜　惜しむことを許さない。容赦なく春が過ぎ去ることをいう。「容」は、許容する、許す。◉又　さらにまた。◉苦雨　長雨。◉両

蘇軾は、元豊三年二月一日黄州に着いた。寒食は旧暦の三月。その年と翌元豊四年、そしてこの詩が作られた元豊五年と、蘇軾は三度の寒食を経験した。九・十句目の「暗中偷負去、夜半真有力」は、『荘子』大宗師篇の「舟を壑（たに）に蔵（かく）し、之を沢に蔵（かく）して、之を固しと謂（おも）えり。然れども夜半に力ある者、之を負（お）いて走る。昧（くら）き者は知らざるなり」を踏まえている。荘子は、人間の知恵の浅はかさを言ったものであるが、蘇軾の詩では、うるわしい春が一夜のうちになくなってしまったことを言う。

月　二か月の間。◉秋蕭瑟　秋のようにものさびしい。「秋」は「蕭瑟」を修飾する。「蕭瑟」はものさびしいさま、さびれたさま。◉臥聞　横になりながら聞く。前の句から雨の音を聞く、と解する説と、香りを聞く、と解する説がある。◉海棠花　春の初めに淡紅色または紅色の小さな花を開く。◉泥汙　泥にまみれて汚れる。◉燕支雪　雪のような清らかな臙脂色。◉闇中偷負去、夜半真有力　夜中の暗闇にまぎれて力持ちが春をこっそり盗んで逃げて行った。◉何殊　どうして違うだろうか、違わない。◉病少年　病にかかった若者。図版は「少年子」とあり、「少」の右に「病」が小さく書き加えられ、「子」に見せ消ち（みけ）がついている。◉病起　病が癒えて床を離れる。◉頭已白　頭髪がすっかり白くなった。

其二

春江欲レ入レ戸
雨勢來不レ已
小屋如二漁舟一
濛濛水雲裏
空庖煑二寒菜一
破竈焼二濕葦一
那知是寒食
但見烏銜レ紙
君門深九重
墳墓在二萬里一
也擬レ哭二塗窮一
死灰吹不レ起

其の二(その に)

春江(しゅんこう)　戸(こ)に入(い)らんと欲(ほっ)し
雨勢(うせい)　来(き)たりて已(や)まず
小屋(しょうおく)　漁舟(ぎょしゅう)の如(ごと)し
濛濛(もうもう)たり　水雲(すいうん)の裏(うち)
空庖(くうほう)　寒菜(かんさい)を煮(に)
破竈(はそう)　湿葦(しつい)を焼(や)く
那(なん)ぞ知(し)らん　是(こ)れ寒食(かんしょく)なるを
但(た)だ見(み)る　烏(からす)の紙(かみ)を銜(ふく)むを
君門(くんもん)　深(ふか)きこと九重(きゅうちょう)
墳墓(ふんぼ)　萬里(ばんり)に在(あ)り
也(ま)た塗(みち)の窮(きゅう)するに哭(こく)せんと擬(ほっ)するも
死灰(しかい)　吹(ふ)けども起(た)たず

春の長江は水かさを増して戸口にせまり、
雨の勢いはいっこうに衰えそうもない。
このちっぽけな家は、漁舟が、
雨と雲とがもうもうとたちこめるなかをただよっているかのようだ。
人気のない台所で粗末な野菜を煮ようと、
毀れたかまどに湿った葦をくべる。
今日が寒食の日だとは知らなかった。
ふと見れば、紙銭をくわえた烏が飛んでいる。
天子の居ます朝廷の門は九重もあっていよいよ深く、
祖先の墓は万里のかなた。
道のきわまった今こそ慟哭しようにも、
冷え切った灰はいくら吹きたてても燃え上ることはない。

この二首の詩を書いた真跡は「黄州寒食詩巻」と呼ばれて今日に伝わっている。詩巻には、黄庭堅の跋がついている。「詩は李白に似ているが、李白もここまでは作れまい。書は顔真卿・楊凝式・李建中の筆意を兼ねそなえていて、東坡にもう一度書かせても、ここまでは書けまい。」と。

【詩形】五言古詩
【押韻】已、裏、葦、紙、里、起（上声）
◉春江　春の長江。◉欲入戸　長江の水が戸口から流れ込んできそう。長雨が続いて水かさが増したため。◉雨勢　雨の勢い。◉来不已　つづいてきて止むけはいがない。図版は「已」の下に「雨」があるが、見せ消ちがついている。◉濛濛　雨や霧がたちこめ、かすむさま。◉水雲裏　水と雲の間。◉空庖　人気のない台所。◉煑　煮と同じ。◉寒菜　粗末な野菜。◉破竈　毀れたかまど。◉焼　焚きつける。◉湿葦　湿った葦。◉那知　どうして知っていよう。知らなかった。◉但見　ただ見るだけ。◉烏銜紙　烏が紙銭をくわえる。「紙」は紙銭。図版は「帋」になっている。寒食の日には紙銭を焼いて墓を祭った。◉君門深九重　天子のいる朝廷の門は九重の深さがある。朝廷に

蘇軾（一〇三六～一一〇一）

北宋、眉山（四川省の人）の人。字は子瞻。号は東坡。嘉祐二年（一〇五七）二十二歳で進士に及第。博く経史に通じ、試験管の欧陽脩にその才能を激賞された。神宗の時、王安石と意見が合わず、外任を求めて徐州・潮州の知事を歴任。のち中央に復帰したが、元豊三年（一〇八〇）新法の欠陥を詩に詠じたことから黄州（湖北省）に左遷された。黄州では東坡に書斎を築いて、東坡居士と号した。哲宗の時、召されて礼部侍郎・中書舎人・翰林学士となり、元祐七年（一〇九二）兵部尚書兼侍読となり、ついで礼部尚書に移ったが、恵州（広東省）からさらに瓊州（海南島）に流された。徽宗の建中靖国元年（一一〇一）、呼びかえされて戻る途中、常州（江蘇省）で没した。多芸多才で、詩・詞・文・書に秀でた。詩詞は豪邁奔放で、曠達にして奇気があり、文は雄渾典麗、光芒万丈と評される。父の洵、弟の轍も文を得意とし、三蘇と言われた。『蘇東坡全集』がある。

復帰したいが、その門は九重の深さがあって望みがたいことをいう。◉墳墓在萬里　祖先の墓は万里かなたにある。蘇家の墳墓は蜀の眉州、彭山県にあった。ふるさとは遠く、帰りがたいことをいう。◉也擬　やはり～しようとする。「擬」は「欲」と同じ。◉哭塗窮　道のきわまったところで大声で泣く。阮籍は、気の向くまま馬車を走らせ、車が進めないところにつくと、慟哭して引き返したという。◉死灰吹不起　火の消えた灰はいくら吹いてもふたたび燃え上ることはない。『史記』韓長孺伝に、韓安国が法に触れて獄に下ったとき、獄吏に辱められたので「死灰独り復た然えざらんや（火の消えた灰がふたたび燃え上がることもあるぞ）」と言うと、獄吏が「燃えたら小便をかけてやろう」と言ったとある。

蘇軾「寒食雨二首」　蘇軾書　台北故宮博物院

自我来黄州已過三寒
食年年欲惜春春去不
容惜今年又苦雨两月秋
蕭瑟臥聞海棠花泥
汙燕支雪闇中偷負
去夜半真有力何殊病少
年病起頭已白
春江欲入戸雨勢来
不已小屋如漁舟濛濛

水雲裏空庖煮寒菜
破竈燒濕葦那
知是寒食但見烏
銜帋君門深
九重墳墓在万里也擬
哭塗窮死灰吹不
起

右黄州寒食二首

西江月

西江月（せいこうげつ）……蘇軾（そしょく）

點點樓前細雨
重重江外平湖
當年戲馬會二東徐一
今日凄涼南浦

莫レ恨黄花未レ吐
且教二紅粉相扶一
酒闌不三必看二茱萸一
俯仰人間今古

点点（てんてん）たり　楼前（ろうぜん）の細雨（さいう）
重重（ちょうちょう）たり　江外（こうがい）の平湖（へいこ）
当年（とうねん）の戯馬（ぎば）　東徐（とうじょ）に会（かい）す
今日（こんにち）　凄涼（せいりょう）たり　南浦（なんぽ）

恨（うら）む莫（な）かれ　黄花（こうか）　未（いま）だ吐（は）かざるを
且（しば）らく紅粉（こうふん）をして相（あ）い扶（たす）けしむ
酒闌（さけたけなわ）にして　必（かなら）ずしも茱萸（しゅゆ）を看（み）ず
俯仰（ふぎょう）す　人間（じんかん）　今古（きんこ）

楼のあたりにポツポツとわずかに雨が降ってきた。
江の向こう側には平らな湖がいくつも重なって見える。
その昔、東徐の戯馬台には多くの人が集まって詩酒の宴を開いたというが、
今日、南浦は人気もなく寒々としている。

花がまだ咲かないと恨んでもしかたがない。
まあしばらく女性に相手をさせよう。
宴たけなわになっても必ずしも茱萸を看る必要はない。
この世は、俯仰する短い間に、今が昔になってしまう。

元豊六年（一〇八三）、四十八歳の作。

詞は、詩と区別するため、「ツー」と言う。詞（ツー）は、唐代の中頃から作られはじめ、晩唐に積極的に創作されて文学的な境地がひらかれた。そして五代に発展し、宋代に広く流行し、宋代を代表する文学形式となった。音楽に合わせて歌うため長短不揃いで、平仄や押韻の厳密な規則がある。詞の題名は、曲調をあらわす「詞牌（しはい）」がそのまま付けられる。詞は、詞（ことば）を詞牌に合わせて塡めて作るので「塡詞（てんし）」とも言う。正統な韻文である詩の余りという意識があり、「詩余（しよ）」とも言う。

【詩形】詞

【押韻】湖、徐、扶、萸（上平声・六魚、七虞）、浦、古（上声・七麌）

◉西江月　詞牌。前段・後段ともに四句、第二・三句平声押韻、第四句仄声押韻。◉点点　しずくの滴りおちるさま。◉楼前　高楼の前。「前」は「頭」に作るテキストもある。◉細雨　細かな雨。または、わずかに雨がふること。◉重重　重なるさま。◉江外　長江の向こう側。◉平湖　平らな湖。◉当年　その昔。かつての。◉戯馬　台の名。戯馬台。江蘇省銅山県の南。楚の項羽が築いた。晋の義熙中、劉裕が彭城に至り、ここで幕僚を会し詩を賦したという。◉会　一堂に会する。◉東徐　州名。江蘇省阫県。◉凄涼　涼しい。◉南浦　南の浦。◉莫恨　恨んではいけない。◉黄花　黄色い花。◉未吐　まだ花が咲かないこと。◉且教　まあしばらく～にしてもらおう。◉紅粉　紅と

蘇軾（そしょく）は詩も文も詞も一級の作品を作っている。それまで詞は女性の立場に立って詠うものが主流であったが、蘇軾は詩で詠う世界を詞で詠った。

白粉。女性をいう。◉相扶　たすける。◉酒闌　酒宴が最高潮になる。◉不必　必ずしも〜する必要はない。◉看茱萸　カワハジカミの紅い実を見る。杜甫の「九日藍田崔氏荘」に「明年此の会知ぬ誰か健なる、酔うて茱萸を把って仔細に看る」とある。◉俯仰　俯いたり仰いだりするわずかな時間。◉人間　人間の世界。◉今古　今と昔。今があっという間に昔になる。

蘇軾「西江月」　董其昌書　上海博物館

和子繇論書

子繇の書を論ずるに和す……………………蘇軾

吾雖不善書
知書莫如我
苟能通其意
常謂不學可
貌妍容有顰
璧美何妨橢
端莊雜流麗
剛健含婀娜
好之每自譏
不謂子亦頗

吾書を善くせずと雖も
書を知ること　我に如くもの莫し
苟くも能く其の意に通ずれば
常に謂えらく　学ばずして可なりと
貌の妍なるは顰有ることを容れ
璧の美なるは何ぞ橢なることを妨げん
端荘　流麗を雑え
剛健　婀娜を含む
之を好んで毎に自ら譏る
謂わざりき　子も亦た頗ならんとは

書成輒棄去
繆被㆓旁人裹㆒
體勢本闊落
結束入㆓細麼㆒
子詩亦見㆑推
語重未㆓敢荷㆒
邇來又學㆑射
力薄愁㆓官笴㆒
多㆑好竟無㆑成
不㆑精安用㆑夥
何當㆔盡屏去
萬事付㆓懶惰㆒
吾聞古書法

書(しょ)成(な)って輒(すなわ)ち棄(す)て去(さ)るも
繆(あやま)って旁人(ぼうじん)に裹(つつ)まる
体勢(たいせい)　本(もと)と闊落(かつらく)なりしも
結束(けっそく)して細麼(さいま)に入(い)ると
子(し)が詩(し)も亦(ま)た推(お)さる
語(ご)重(おも)くして　未(いま)だ敢(あ)えて荷(にな)わず
邇来(じらい)　又(ま)た射(しゃ)を学(まな)ぶ
力(ちから)薄(うす)くして　官笴(かんか)を愁(うれ)う
好(この)み多(おお)くして竟(つい)に成(な)ること無(な)し
精(くわ)しからずんば安(いず)くんぞ夥(おお)きを用(もち)いん
何(いつ)か当(まさ)に尽(ことごと)く屏(しりぞ)け去(さ)って
萬事(ばんじ)　懶惰(らんだ)に付(ふ)すべし
吾(われ)聞(き)く　古(いにしえ)の書法(しょほう)

守レ駿莫レ如レ跛
世俗筆苦驕
衆中強嵬騀
鍾張忽已遠
此語與レ時左

駿を守るは跛に如くは莫しと
世俗 筆 苦だ驕る
衆中 強いて嵬騀たり
鍾張 忽ち已に遠し
此の語 時と左う

僕は、書は上手ではないが、書がどのようなものであり、どうあるべきかについては、誰よりもよくわかっている。
書は、もしその真のあり方に通じたなら、技術などは学ばなくても良いといつも思っている。美貌の持ち主は、西施のように眉をしかめても美しさに変わりがないし、璧の美は、たとえ長ほそくても、そこなわれることはない。端正荘重の美しさの中にうるおいと華麗さがあり、剛くて健いなかに軽くてしなやかさがあるのが、書として良いものと思う。

【詩形】五言古詩
【押韻】偶数句第五字目（上声・二十哿）
◉和　他人の詩に韻を合わせて作ること。子繇の「論書」という詩に次韻した。◉子繇　蘇軾の弟の蘇徹（一〇三九～一一一二）。「繇」は「由」に通じる。子繇（由）は字。◉不善書　書が上手でない。◉知書　書がどういうものであるかがわかる。◉莫如我　私に及ぶ者はいない。◉苟　かりに。◉通其意　書

字を書くのが好きなことを自分では欠点だと思っていたが、
お前までがそうだとは思ってもいなかった。
書ができあがるたびにいつも捨てていたが、
間違って人様に大切に収蔵された。
書の体と勢いは、もとは粗雑で大まかだったが、
微細なところまでひきしまり心が入るようになったと言ってくださる。
君は詩で推奨してくれるが、
誉めすぎで、そのまま受け取るわけにはいかない。
最近弓を学んでいるが、
力が弱くて規定通りの矢を放てないのは悔しい。
趣味は多いが結局成就したことがない。
極みに達することがないのなら、どうして多くのことを行う必要があろうか。
いつか何もかも止めてしまい、
すべてものぐさにまかせてしまおう。
僕は聞いたことがある。古の書芸術は、
駿馬になろうとするよりも足なえ馬のようにゆっくりしている方がよい、と。
世俗の筆法はきまますぎる。

の真意、書の真のあり方に通じる。◉不学可　学ばなくてもよい。◉貌妍　美貌。◉容　許容する。可能をあらわす。◉顰　眉をしかめる。『荘子』天運篇に「西施、心を病んで其の里に顰するに、その里の醜人見て之を美なりとし、帰りて亦た心を捧げて其の里に顰す。…彼は顰を美とするを知りて、顰の美なる所以を知らず」とある。「顰みに効う」の出典。◉璧　円環の形のひらたい玉。真ん中に穴がある。◉何妨橢　狭くて長い円形でもかまわない。◉端荘　端正荘重の美。◉雑　まじえる。◉流麗　うるおいがあり華麗なさま。◉剛健　剛くて健い。◉婀娜　軽くてしなやか。◉好之　字を書くことが好き。◉毎自譏　いつも自分で譏っている。◉不謂　思いもしなかった。◉子　お前。子繇(由)をさす。◉頗　偏頗。不公平なこと。◉書成　書ができあがる。

その大勢のなかで僕はむりに暴れ馬のように反抗している。
鍾繇(しょうよう)や張芝(ちょうし)はとうに昔の人。
私のこの言いぐさは、今の流行とは合わない。

　書を論じた詩。出だしで「書は上手ではないが、書のあるべき姿は誰よりもよく分かっている」と言い、「書の真実のあり方に通じれば、技術は学ばなくてもいい」とまで言い切る。書は、晋代には「韻」、唐代には「法」が尊ばれ、宋代は蘇軾(そしょく)に代表されるように「意」が尊ばれた。「意」は、「法」のとおりに書くものではなく、士大夫（教養人）としての「心」をあらわすものなのである。だから、西施(せいし)のように、真に美しければ、顔をしかめても美しさは損なわれることはないし、璧も形がゆがんでいても美しいものは美しいのである。

　それではどのような書が良いかと言うと、七・八句目にあるように、書は端正荘重な美しさのなかにうるおいと華麗さがあり、剛健でありながら軽くてしなやかさのあるものがよい、という。「俗」の心を廃し、士大夫（教養人）として円満で美しい心、志の強さが求められていたのである。

◉輒　そのたびにいつも。◉棄去　捨て去る。◉繆　間違って。◉被　受け身を表す助字。◉旁人　傍らの人。◉裹　包装する。ここは大切に収蔵する。◉体勢　書の体と勢い。「皆云」に作るテキストもある。◉闊落　大まかで行きとどかない。疎大。◉結束　身をひきしめ、束縛する。◉入細麼　微細なところに入る。◉子詩　君の詩。◉見推　推奨される。「見」は受け身を表す。◉語重　ことばが重い。誉めすぎのことば。◉未敢荷　そのまま受け取るわけにはいかない。◉邇来　近来。◉学射　弓を学ぶ。◉力薄　力が弱い。◉愁　悔しく思う。◉官笴　規定通りの矢。◉多好　好みが多い。趣味が多い。◉竟　結局。◉無成　成就することがない。◉不精　精妙でない。◉安用夥　どうして多くのことを行う必要があろうか。必要はない。◉何當　いつか〜しよう。◉尽屏去　すべて

しりぞける。やめる。◉萬事　すべての事。◉付　たのむ。◉懶惰　なまける。◉吾聞　聞いたことがある。◉古書法　古人の書の芸術。◉守駿　駿馬になろうという教えを守る。◉莫如　～に及ばない。～の方がよい。◉跛　足なえ。◉世

俗筆苦驕　世俗の筆法はきままますぎる。「驕」は、ほしいまま、わがまま。◉衆中　大勢のなかで。◉強嵬騀　（私だけは）むりに暴れ馬のようにしている。「嵬騀」は、馬がおとなしくせず、あばれるさま。◉鍾張　鍾繇（字元常）と張芝（字伯英）。

漢魏のころの書家。◉忽已遠　あっという間にはやくも遠くなった。◉此語　私のこの言葉。◉與時左　今の流行と合わない。「左」は、一致しないこと。

蘇軾「和子繇論書」　張瑞図書

再和楊公濟梅花十絶

再(ふたた)び楊公済(ようこうせい)の梅花十絶(ばいかじゅうぜつ)に和(わ)す（うち一首）……蘇(そ)　軾(しょく)

其八

湖面初驚片片飛
尊前吹折最繁枝
何人會得春風意
怕見梅黄雨細時

其(そ)の八(はち)

湖面(こめん)　初(はじ)めて驚(おどろ)く　片片(へんぺん)として飛(と)ぶを
尊前(そんぜん)　吹(ふ)き折(お)る　最(もっと)も繁(しげ)き枝(えだ)
何人(なんぴと)か会(かい)し得(え)たる　春風(しゅんぷう)の意(こころ)
怕(おそ)れて見(み)ん　梅黄(うめき)ばみ　雨細(あめこま)やかなる時(とき)

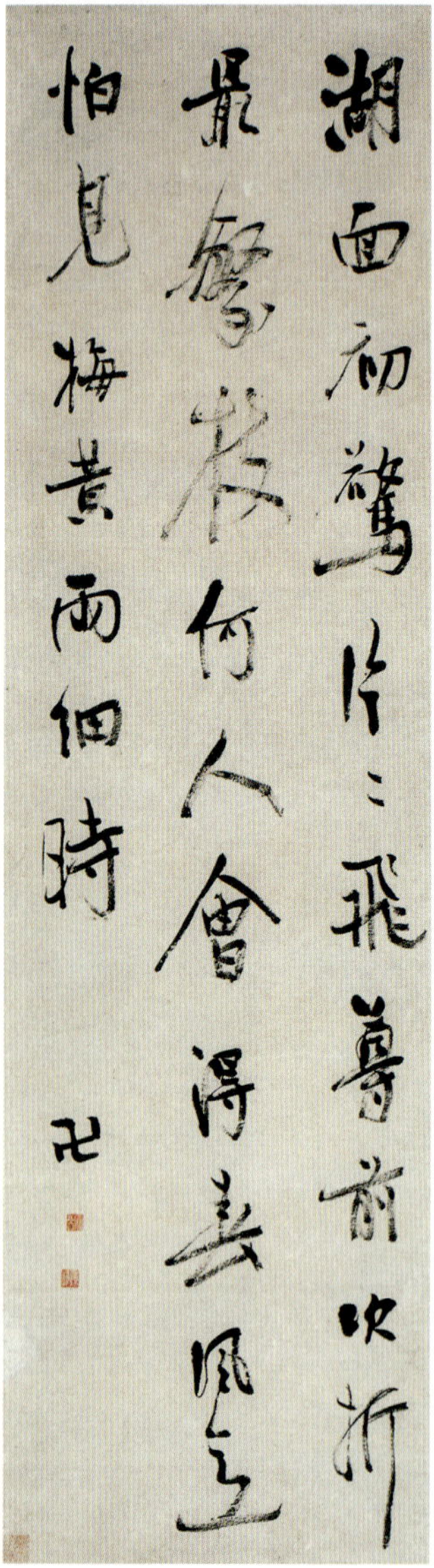

湖面に梅の花びらがひらひら飛ぶのに驚いたばかりなのに、酒を飲んでいるうちに眼の前にたくさんの花びらが風に吹かれて落ちてきた。
いったい誰が春風の気持ちを理解できようか、誰もいない。
梅が黄色く熟し、雨が細かく降る時には、もっとはらはらしながら見るにちがいない。

元祐六年（一〇九一）五十六歳の作。杭州の任にあった。楊公済は楊蟠。杭州通判だった。

【詩形】七言絶句
【押韻】飛、枝、時（上平声・四支）
◉湖面　西湖をさす。◉初驚　驚いたばかり。◉片片飛　ひらひら飛ぶ。◉尊前　酒樽の前。◉最繁枝　もっとも花が咲いている枝。◉何人　いったい誰が〜するであろうか、だれもいない。◉会得　理解する。◉春風意　春風の気持ち。◉梅黄　梅の実が黄色に熟す。◉怕見　おそるおそる見る。

蘇軾「再和楊公済梅花十絶」其八　陳鴻寿書

和文與可洋川園池三十首

文与可の洋川の園池三十首に和す（うち二首）……蘇軾

湖橋

朱闌畫柱照レ湖明
白葛烏紗曳レ履行
橋下龜魚晩無數
識二君拄レ杖過レ橋聲一

湖橋

朱闌　画柱　湖を照らして明らかなり
白葛　烏紗　履を曳いて行く
橋下の亀魚　晩に無数
君が杖を拄いて橋を過ぐる声を識れり

朱塗りの欄干、彩色された橋脚が、まばゆく湖面に映える。白い葛布の服、黒い紗の帽子、木履をひきずって通る。夕暮れ時、橋の下に亀と魚が無数に集まるのは、君が杖をつきながら橋を渡る音を聞き知っているから。

夕陽に照らされる朱色の欄干と美しい橋脚。鮮やかな句でまず読者の目を引きつけ、その橋を白い服と黒い帽子をかぶった文与可(ぶんよか)がゆっくり歩いて登場する。一句目の「朱」「さまざまな彩色」と二句目の「白」「黒」が好対照をなし、一副の絵のようである。文与可が画家であることを意識しているのであろう。服装から文与可が隠士であることもわかる。図版は四屏のうちの第一・四屏。

横湖

貪看翠蓋擁二紅粧一
不レ覺湖邊一夜霜

横湖(おうこ)

貪(むさぼ)り看(み)る　翠蓋(すいがい)の紅粧(こうしょう)を擁(よう)するを
覚(おぼ)えず　湖辺(こへん)　一夜(いちや)の霜(しも)

【詩形】七言絶句
【押韻】明、行、声(下平声・八庚)
◉和　和韻。◉文与可　文同(一〇一八〜一〇七八)。梓潼(四川省)の人。「与可」は字。文人画・墨竹画を得意とした。◉洋川　洋州(陝西省洋県)の別名。◉湖橋　洋県城外の横湖に架かる橋。◉朱闌　朱塗りの欄干。◉画柱　彩色された橋脚。◉照湖明　湖面に明るく映える。まばゆいほど鮮やか。◉白葛　白い葛布の服。◉烏紗　黒い紗の帽子。◉曳履行　くつをひきずって行く。「履」は木履。◉亀魚　放生された亀と魚。◉識　聞き分ける。

巻二却天機雲錦段一
従教三匹練寫二秋光一

天機の雲錦段を巻却して
従に匹練をして秋光を写さしめん

緑のかさをさしかけてもらい、紅色の化粧をした美人（ハスの花）に見とれて、
思わず湖畔に一夜を明かし、霜の降りたのにも気がつかない。
天が織った雲の金襴緞子が巻きおさめられたあとは、
一匹のねりぎぬに秋の陽光を自由に写し出させる。

前半は湖畔に咲く紅いハスを詠い、後半では様々に色を変える朝焼け雲と、秋のすがすがしい光が湖に映し出される景色を詠う。様々に色を変える朝焼け雲を、天の機織り機械が織りあげた金襴緞子だといい、横湖は白い布が横に広げられているような湖であることを意識して、湖がいろいろな色に染まるという。機知に富んだ、美しい表現である。

何紹基（一七九九～一八七三）

清、湖南省道州の人。字は子貞、号は東洲、また蝯叟と号した。道光十六年（一八三六）の進士、官は編集。群書を広く学び、小学にもっと

【詩形】七言絶句
【押韻】粧、霜、光（下平声・七陽）
◉横湖　洋県の西にある湖。一匹のねった白布が横に広げられているように見える。◉貪看　見とれる。◉翠蓋　緑のかさ。ハスの青々とした葉をいう。◉擁　かさを差し掛ける。◉紅粧　紅色の化粧をした美人。ハスの花をいう。◉不覚　知らず知らず。◉巻却　巻いて取り除く。◉天機　天の機密。また、天の機織り機。◉雲錦段　雲の錦と緞子。朝霞。◉従教　自由に～するにまかせる。◉匹練　一匹のねりぎぬ。◉写秋光　秋の陽光を写す。

も精しく、かたわら金石碑板の文字に及んだ。書法は、周・秦・両漢の古篆籀から六朝南北の碑に至るまで学んだ。草書は一代の冠。著に『蝯叟自評』『説文段注駁正』『東洲草堂詩集』『文鈔』などがある。

蘇軾「和文与河洋州園池三十首」 何紹基書（四屏のうち一・四屏） 上海博物館

遠樓

遠楼（えんろう）……………………蘇軾（そしょく）

西山煙雨捲二疏簾一
北戸星河落二短檐一
不三獨江天解二空闊一
地偏心遠似二陶潛一

西山（せいざん）の煙雨（えんう）　疎簾（それん）を捲（ま）き
北戸（ほくこ）の星河（せいが）　短簷（たんえん）に落（お）つ
独（ひと）り江天空闊（こうてんくうかつ）を解（かい）するのみならず
地偏（ちへん）に心遠（こころとお）くして陶潜（とうせん）に似（に）たり

西山に煙るように降っている雨を、疎簾を巻きあげて見る。北の窓には、天の川が短い軒に落ちかかる。楼から眺めると、江の上の空が広々としているのが分かるだけではない。土地が鄙びて心も俗から離れ、あたかも陶淵明のような幽居の趣にひたることができる。

楼から眺めた広々とした景色と、清閑なおもむきを詠った詩。四句目は、陶淵明の「飲酒」詩「廬を結んで人境に在り／而も車馬の喧しきこと無し／君に問う何ぞ能く爾るやと／心遠ければ地自ずから偏なり／菊を採る東籬の下／悠然として南山を見る」を踏まえ、陶淵明と心を通い合わせている。

呉東邁（一八八五～一九六三）

浙江省安吉の人。呉昌碩の三子。蘇州昌明芸術専科学校校長、上海中国画院画士に任ぜられた。花卉を得意とし、質朴古艶の趣がある。書は重厚沈着、父親の風情がある。

【詩形】七言絶句

【押韻】簾、簷、潜（下平声・十四塩）

◉遠楼　遠くを望む楼。また、俗世間から離れた楼。◉煙雨　煙るように降る雨。◉捲疏簾　簾を巻き上げる。◉北戸　北向きの窓　◉星河　天の川。◉落短簷　短い軒に落ちる。◉不独　～だけではない。◉江天　江の上に広がる空。◉空闊　広々としている。◉解　分かる。◉地偏心遠　心が幽遠であれば、村里の喧噪のなかにいても辺境の地のようである。陶淵明の詩に拠る。◉陶潜　晋の陶淵明。

蘇軾「遠楼」 呉東邁書

武昌松風閣

武昌の松風閣……黄庭堅

依山築閣見平川
夜闌箕斗插屋椽
我來名之意適然
老松魁梧數百年
斧斤所赦今參天
風鳴媧皇五十弦
洗耳不須菩薩泉
嘉二三子甚好賢
力貧買酒醉此筵
夜雨鳴廊到曉懸

山に依りて閣を築き　平川を見る
夜闌にして　箕斗　屋椽に挿す
我来たり　之に名づけて　意適然たり
老松　魁梧　数百年
斧斤の赦す所　今　天に参わる
風は鳴る　媧皇の五十弦
耳を洗うに菩薩泉を須いず
二三子の甚だ賢を好むを嘉し
貧を力めて酒を買い　此の筵に酔う
夜雨　廊に鳴り　暁に到るまで懸る

相看不レ歸臥二僧氈一
泉枯石燥復潺湲
山川光暉爲レ我姸
野僧旱饑不レ能レ饘
曉見寒溪有二炊煙一
東坡道人已沈レ泉
張侯何時到二眼前一
釣臺驚濤可二晝眠一
怡亭看レ篆蛟龍纏
安得此身脫二拘攣一
舟載二諸友一長周旋

相(あ)い看(み)て帰(かえ)らず　僧氈(そうせん)に臥(が)す
泉(いずみ)枯(か)れ　石(いし)燥(かわ)くも　復(ま)た潺湲(せんかん)たり
山川(さんせん)の光暉(こうき)　我(わ)が為(ため)に姸(けん)なり
野僧(やそう)　旱饑(かんき)　饘(せん)すること能(あた)わず
暁(あかつき)に見(み)る　寒渓(かんけい)に炊煙(すいえん)有(あ)るを
東坡道人(とうばどうじん)　已(すで)に泉(せん)に沈(しず)む
張侯(ちょうこう)　何(いず)れの時(とき)か　眼前(がんぜん)に到(いた)らん
釣台(ちょうだい)の驚濤(きょうとう)　昼眠(ちゅうみん)す可(べ)し
怡亭(いてい)に篆(てん)を看(み)れば　蛟龍(こうりゅう)纏(まと)う
安(いず)くんぞ得(え)ん　此(こ)の身(み)　拘攣(こうれん)を脱(だっ)し
舟(ふね)に諸友(しょゆう)を載(の)せて長(とこし)えに周旋(しゅうせん)するを

山にそって楼閣が築かれているので、広々とした長江が見渡せる。
夜が更けると南箕星と南斗星が屋根にかかる。
私はここへ来て「松風閣」と名づけたが、まことに意にかなっている。
老松は高く厳かに数百年を経、
斧から免れて今や天にとどくほど。
風に鳴る松籟は女神の女媧氏が五十弦の瑟をかなでるかのようで、
その音に清められて、耳を洗うのに菩薩泉を用いる必要はない。
きみたちの優れた人物を心から慕う気持ちを愛でて、
貧しいふところを無理して酒を買い、酒宴を開いて酔おう。
夜の雨は回廊に鳴り響いて、明け方までつづいている。
顔を見合わせて帰るのをやめ、寺僧の毛布で眠る。
朝明けて見ると、泉は枯れ石は燥いていたが、またさらさら水が流れはじめ、
山川は光り輝いて私たちのために美しくよそおってくれる。
田舎の僧はひでりの不作でかゆもすすれない。
曉に寒渓のあたりに立ちのぼる炊煙を望んでいる。
東坡道人（蘇軾）はすでに黄泉路に沈んだ。
張侯（張耒）はいつ目の前に現れるだろうか。
釣台では騒ぐ波のなかで昼寝をし、

【詩形】七言古詩
【押韻】毎句（下平声・一先）
◉武昌　湖北省鄂城県（武漢市）。◉松風閣　武昌の西、長江南岸の樊山（一名、西山）の西山寺境内にあった。長江をへだてて赤壁と対し、蘇軾が黄州に謫居したおり読書した所で、崇寧元年（一一〇二）ここを訪れた黄庭堅が「松風閣」と名づけた。◉依山　山によりそう。◉築閣　楼閣を築く。◉平川　平野を流れる川。長江をさす。◉夜闌　夜更け。「闌」は終わりに近づくこと。◉箕斗　星の名。南箕星と南斗星。◉挿　突き刺さる。◉屋椽　屋根。「椽」はたるき。◉意適然　気持ちがぴったり合う。◉魁梧　高くて壮大なさま。◉斧斤　おのと、ちょうな。◉所赦　赦免されたもの。◉参天　天にまじわる。天に入る。◉媧皇　女神の女媧。◉五十弦　五十絃の瑟。◉洗耳　汚れたことを聞いた耳を洗い清める。◉不須

怡亭では蛟龍がまといついている篆書を見たいものだ。
どうしたらこの身は浮き世の束縛からのがれ、
友人たちと舟に乗って永久に遊ぶことができるだろうか。

　五十八歳の作。江州から鄂（がく）州へ向かう途中に訪れて作ったもので、第四句から第七句で、清浄な古刹を詠う。数百年の老松があり、風が吹くと女神の女媧（じょか）が瑟を奏でるように響いたので「松風閣」と名付けた。

黄庭堅（こうていけん）（一〇四五〜一一〇五）
　北宋、江西の人。詩人・書家。字は魯直、号は山谷道人、涪翁（ふうおう）。幼時は恵まれなかったが、七歳ですぐれた詩を作ったという。母方の叔父のもとで勉学に励み、二十三歳科挙及第。汝州葉県（河南省）の尉となり、二十八歳北京（河北省大名県）の国子監教授となった。のち吉州太和県（江西省）などの地方の小官吏となり、哲宗の元祐年間には都で歴史編纂官となった。私生活もあまり幸福とは言えないようであったが、常に大らかで人情味があった。儒仏道の思想にささえられ、詩は叙景よりも人事を中心とし、主知的・理知的な詩を作った。それまであまり高く評価されていなかった杜甫を高く評価し、杜甫に対する評価を確定した。『豫章黄先生文集』三十巻などがある。

必要としない。◉菩薩泉　西山寺にあった泉。蘇軾の「菩薩泉銘」の序に「寒渓の少西数百歩、別に西山寺と為す。泉有り嵌竇の間より出づ。色白くして甘し。菩薩泉と号す」とある。◉嘉　喜ぶ。◉二三子　君たち。諸君。『論語』述而に「二三子、我を以て隠せりと為すか」とある。図版は「三二」になっているが、倒置の付号がついている。◉好賢　すぐれた人物を好む。◉力貧　貧窮のなかから無理をして。◉酔此筵　酒宴に酔う。◉到暁懸　明け方までつづく。◉僧氈　寺の僧に借りた毛布。◉潺湲　水のさらさら流れるさま。擬声語。◉妍　美しいこと。◉野僧　いなかの僧。◉旱饑　日照りによる餓え。「旱飢」に作るテキストもある。図版では「早」に見せ消ち（みけ）がついている。◉不能饘　かゆを進めることができない。「饘」は、かゆ。◉寒渓　西山寺の東方にある谷川の名。◉炊煙

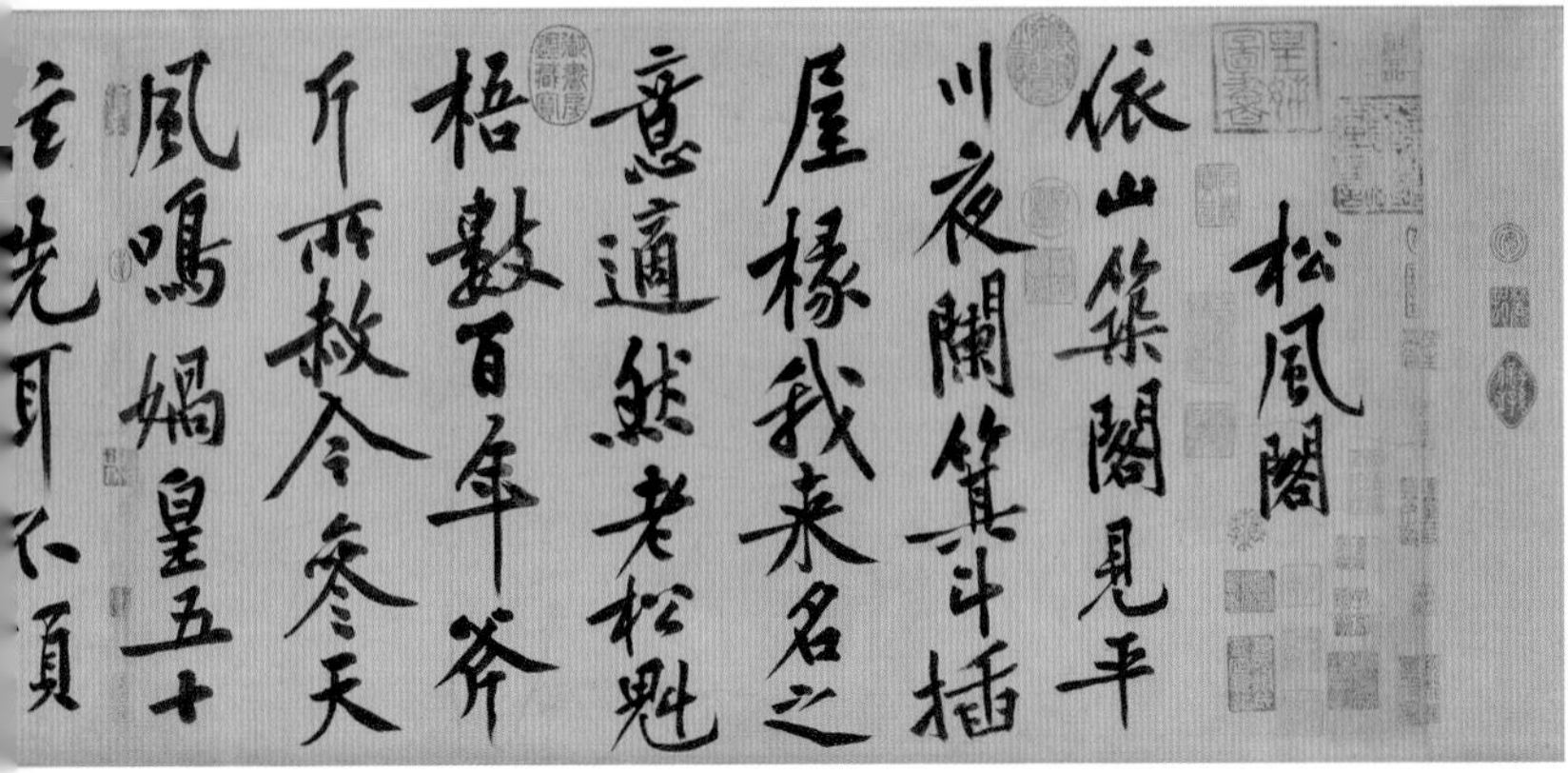

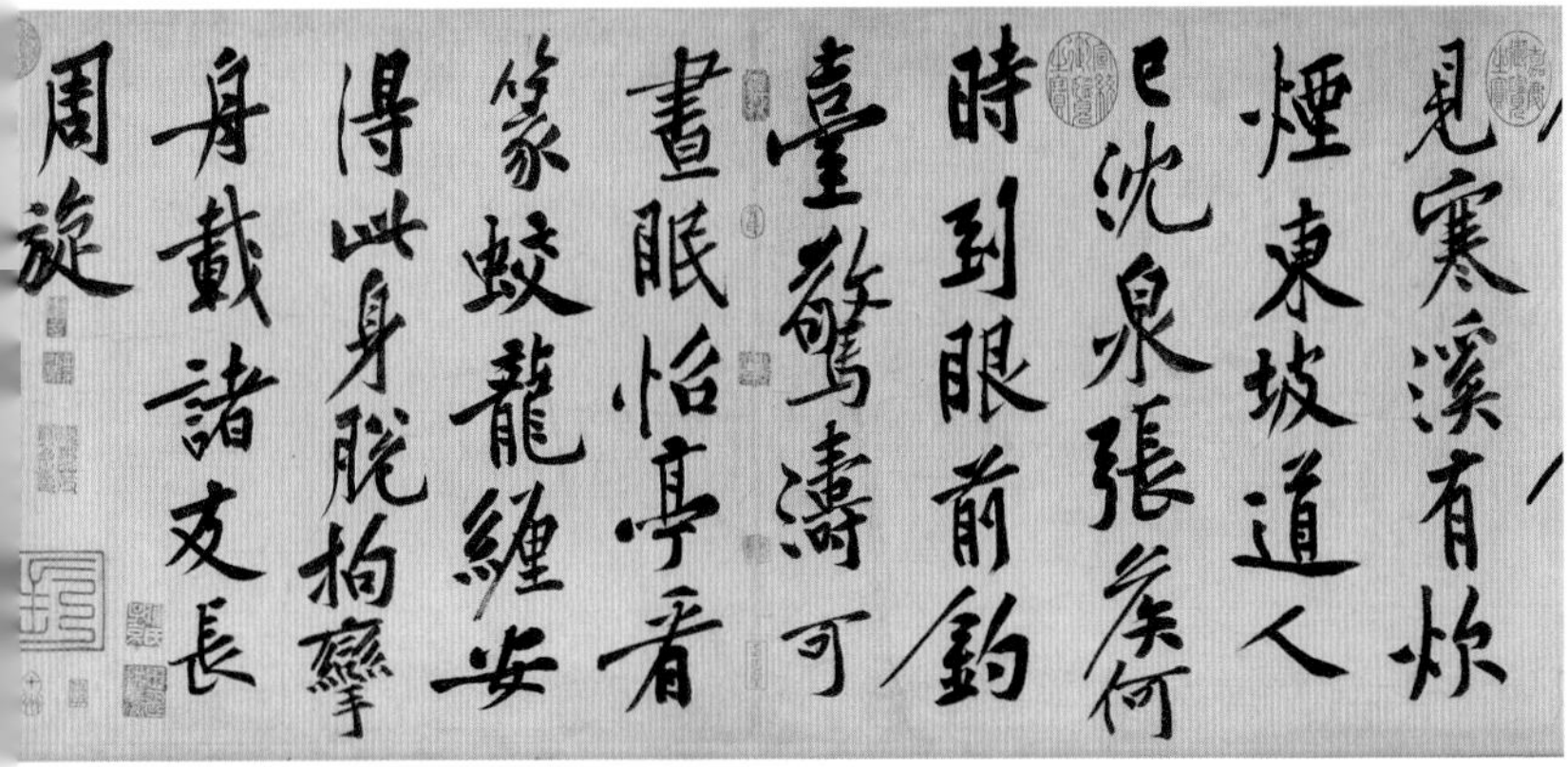

炊事の煙。◉東坡道人　蘇軾、号は東坡。超俗の人だったので「道人」と言った。◉巳沈泉　すでに亡くなった。「泉」は黄泉（よみじ）、あの世。蘇軾が亡くなったのは、前年の建中靖国元年七月二十八日。◉張侯　張耒（一〇五四～一一一四）。「侯」は尊称。◉何時到眼前　いつ目の前に現れるであろうか。張耒が穎州知事のとき、蘇軾の死を聞いて悲しみ、僧に布施し、喪服して哭した。旧法党への圧力が強まっていたため、張耒は房州（湖北省）別駕に貶せられ、黄州安置となった。そこで、いつ来るかと言う。◉釣台　西山の北側、長江中にあった岩の名。三国時代の呉の孫権がここで酒宴を開き魚を観たという名勝。◉驚濤　荒れ狂う波。◉可昼眠　昼寝ができる。◉怡亭　長江中の小島にあった亭。「亭」は展望用の建物。◉看篆　篆書を見る。怡亭の立つ島の岩には唐の李陽冰の篆書「怡亭の銘」

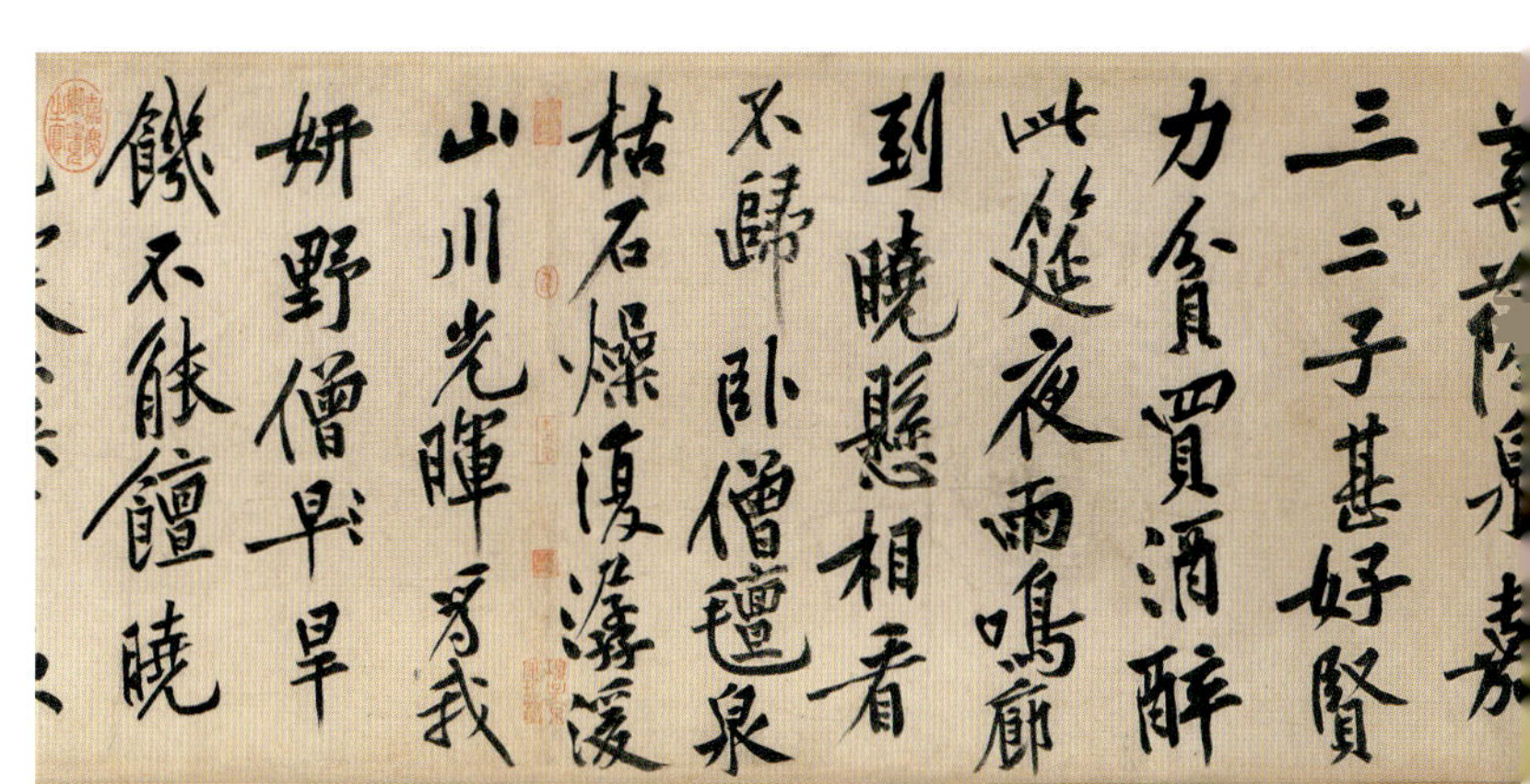

黄庭堅「武昌松風閣」　黄庭堅書
台北故宮博物院

が刻されていた。◉蛟龍纏　龍が身をくねらせる。篆書のことを言う。「蛟」は、みずち。龍の一種。◉安得　どうしたら～できようか。なんとかして～できないものか。◉拘攣　拘束。◉周旋　めぐりまわる。一緒に遊ぶ。

擬古

古（いにしえ）に擬（なぞら）う

米（べい）芾（ふつ）

青松勁挺姿
凌霄恥二屈盤一
種種出二枝葉一
牽連上二松端一
秋花起二絳烟一
旖旎雲錦殷
不レ羞不二自立一
舒レ光射丸丸
柏見レ吐レ子效
鶴疑縮レ頸還

青松（せいしょう）　勁挺（けいてい）の姿（すがた）
凌霄（りょうしょう）　屈盤（くつばん）を恥（は）づ
種種（しゅしゅ）に枝葉（しよう）を出（い）だし
牽連（けんれん）して松端（しょうたん）に上（のぼ）る
秋花（しゅうか）　絳烟（こうえん）起（お）こり
旖旎（いじ）として雲錦（うんきん）殷（あか）し
羞（は）じず　自立（じりつ）せざるを
光（ひか）りを舒（の）べ　射（い）て丸丸（がんがん）たらん
柏（はく）は子（たね）を吐（は）くを見（み）て效（なら）い
鶴（つる）は疑（うたが）いて頸（くび）を縮（ちぢ）めて還（かえ）る

青松本無レ華
安得レ保二歳寒一

青松（せいしょう）　本（もと）より華（はな）無し
安（いず）くんぞ歳寒（さいかん）を保（たも）つを得（え）んや

青い松の力強く伸びる姿、
大空に聳えるさまは曲がりわだかまるのを恥じるかのよう。
さまざまに枝や葉を伸ばしながらも、
連れだって上の端までのぼる。
秋の花は紅いモヤのように咲きはじめ、
次第に風になびく朝のカスミのように紅くなる（そしてやがて枯れ落ちてしまう）。
自立できないのを恥じることなく、
輝きを松のようにまっすぐのばし放つがよい。
そうすれば、柏も種を吐くようすを見てまねるであろう。
また鶴は恥じて頸を縮めて帰ることであろう。
青い松は、もともと華やかさはない（しかし、寒さに耐えることができる）。
華やかなものは、どうして冬の寒さに耐えることができよう。

松は冬になっても青々とした葉をつけているので、状況の変化にも節

【詩形】五言古詩
【押韻】盤、端、殷、丸、還、寒（上平声・十四寒、十五刪）
◉擬古　古の詩になぞらえる。◉青松　葉が青々と繁る松樹。◉勁挺　力強く伸びる。◉凌霄　大空をしのぐ。大空高く聳える。◉屈盤　曲がりわだかまる。◉種種　さまざまに。◉牽連　ひかれ連なる。◉絳煙　紅いモヤ。◉旖旎　旗などが風になびくさま。◉雲錦　朝のカスミ。◉殷　赤い（刪韻）。◉不自立　独り立ちできない。◉不羞　恥じない。◉舒光　光りをのびやかに放つ。個性や志を伸ばすことか。◉丸丸　すなお、真っ直ぐ。◉柏　コノテガシワ。松と同じ常緑樹。兄弟や一族を言うか。

操を変えない高士に喩えられる。『論語』に「歳寒くして、然る後に松柏の凋むに後るるを知る」（子罕）とある。松はもとより美しい花は咲かないが、志を高く持って節操を守る。だから、たとえ出世せず、花が咲かなくても、志を高く持って生きよう、というのである。

米芾（一〇五一～一一〇七）

北宋、襄陽（湖北省）の人。名は黻、字は元章、号は襄陽漫士、海岳外史、鹿門居士など。もと太原（山西省）の人。尉や県知を歴任し、宣和年間、召されて書画学博士となり、宣和殿所蔵の書画を精巧に臨模した。子の友仁の画いた「楚山清暁図」をたてまつり、礼部員外郎に抜擢された。米南宮の称はこれによる。狂放潔癖なことから、米顛とも言われる。詩文を能くし、書画に秀で、鑑別にも詳しく、名跡を多く収蔵していた。詩文は、語に踏襲なく、風煙の上に出、詞翰は陵雲の気がある、と評されている。行・草は前人の長所を取り、もっとも王献之より力を得た。用筆は俊邁。蔡襄・蘇軾・黄庭堅と合わせて「宋四家」と称される。著に『書史』『画史』『宝晋英光集』『宝章待訪録』『海岳名言』などがある。

◉吐子　種子を吐く。実績をのこすことか。◉效　ならう。真似る。◉鶴疑　鶴が疑う。高位の者が恥じることか。◉縮頸還　首をすくめて帰る。◉本無華　もともと華やかさはない。◉安得　どうして得ることができようか、できない。反語形。◉保歳寒　冬の寒さに耐える。

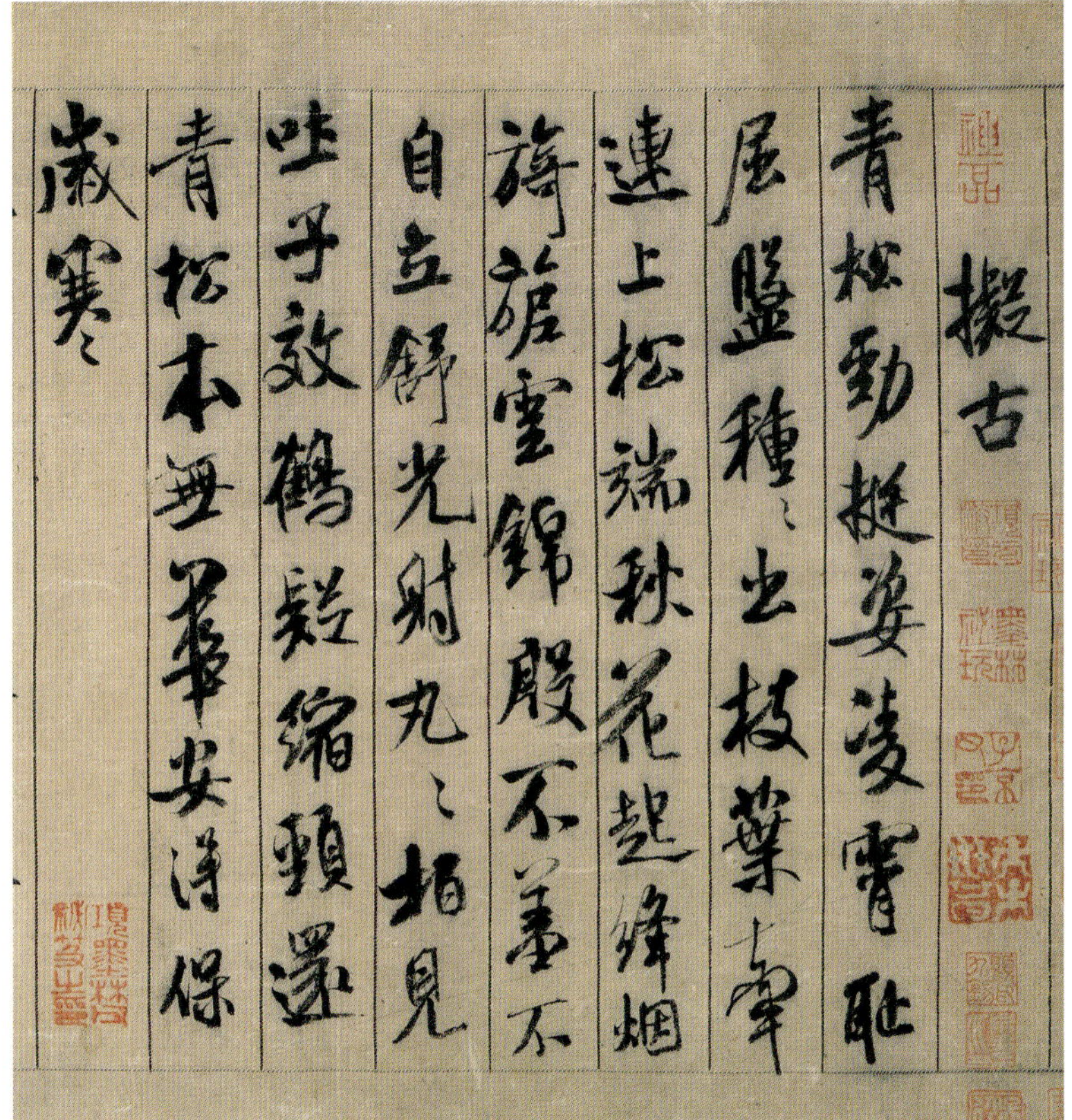

米芾「擬古」 米芾書 台北故宮博物院

小園四首

小園四首（うち一首）……陸游

其一

小園煙草接二隣家一
桑柘陰陰一徑斜
臥読二陶詩一未レ終レ巻
又乗二微雨一去鋤レ瓜

其の一

小園の煙草　隣家に接し
桑柘陰陰として　一径斜めなり
臥して陶詩を読んで未だ巻を終えざるに
又た微雨に乗じて去きて瓜を鋤く

小さな畑の草はもやにけむって隣の家まで続き、
こんもりしげる桑の林には一本の小道が斜めに通っている。
寝ころんで陶淵明の詩を読んで、まだ読み終わらないが、
小雨になったのでまた瓜の畑を鋤きに行く。

淳熙八年（一一八一）初夏、五十七歳の作。四首連作の其の一。農村での淡々とした暮らしぶりを詠っている。

陶淵明の「山海経を読む」に「既に耕し亦た已に種え、時に還た我が書を読む。……微風東より来たり、好風之と倶う」とある。その陶淵明の詩集を読み終わらないうちに野良へ出る、というひねりが効いている。

陸游（一一二五～一二〇九）

南宋、沛国（安徽省宿県）の人。字は務観。号は放翁。二十九歳で両浙漕試（地方試験）に首席で合格したが、翌年の本試験（省試）では宰相秦檜の干渉によって落第させられた。紹興二十五年（一一五五）秦檜が亡くなると、同二十八年に寧徳県（福建省）主簿、同三十年には中央政府勤務に抜擢され、以後四年間中央の官職を歴任した。同三十二年には、特に科挙及第者に許される「進士出身」の資格を賜った。しかし、翌年

【詩形】七言絶句
【押韻】家、斜、瓜（下平声・六麻）
◉小園　小さな畑。◉煙草　もやにけむる草。◉接隣家　隣の家まで続く。◉桑柘　やまぐわ。「柘」もくわの一種。◉陰陰　木がこんもりと茂っているさま。◉一径斜　一本の小道が斜めに通じている。◉陶詩　陶淵明の詩。◉臥読　寝ころがって読む。◉未終巻　まだ一巻も読み終わらない。◉乗微雨　小雨になったのを機会に。◉去鋤瓜　瓜畑を鋤きに行く。

の隆興元年には、皇帝の側近を批判したかどで鎮江府（江蘇省）通判に左遷され、四十一歳の時には配置がえとなった隆興府（江西省南昌）通判を罷免されて、故郷に帰った。後、つてを求めて夔州の通判になり、乾道八年（一一七二）に成都府路安撫使司参議官として蜀の各州を点々とし、のち故郷に帰ってからは閑適の生活を送った。金（きん）との徹底的な抗戦を主張する硬骨漢でもあったが、細やかな愛情の持ち主でもあり、現存する約一万首の詩には、愛国の情、家族への愛情、農民へのおもいやり、美しい花や自然が詠われている。『剣南詩稿』などがある。

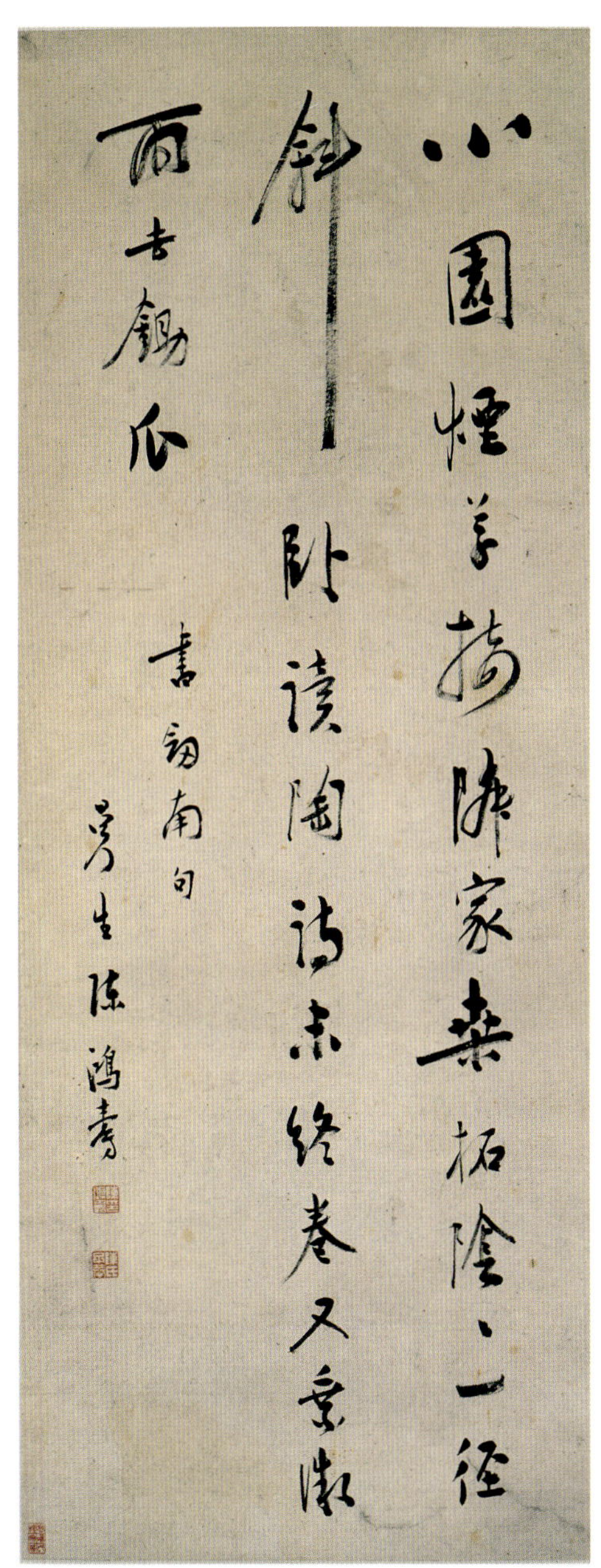

陸游「小園四首」其一　陳鴻寿書　東京国立博物館
Image:TNM Image Archives　Source:http://TnmArchives.jp/

漁父辭

漁父の辞…………………………………屈原

屈原既放、遊於江潭、行吟澤畔。顔色憔悴、形容枯槁。漁父見而問之曰、子非三閭大夫與。何故至於斯。屈原曰、擧世皆濁、我獨淸。衆人皆醉、我獨醒。是以見放。

漁父曰、聖人不凝滯於物、而能與世推移。世人皆濁、何不淈其泥、而揚其波。衆人皆醉、何不餔其糟、而歠其釃。何故深思高擧、自令放爲。

屈原曰、吾聞之、新沐者必彈冠、新浴者必振衣。安能以身之察察、受物之汶汶者乎。寧赴湘流、葬於江魚之腹中、又安能以皓皓之白、而蒙世俗之塵埃。

乎。

漁父莞爾而笑、鼓レ枻而去。歌曰、滄浪之水清兮、可三以濯二吾纓一。滄浪之水濁兮、可三以濯二吾足一。遂去不二復與言一。

屈原既に放たれて、江潭に遊び、行ゆく沢畔に吟ず。顔色憔悴し、形容枯槁せり。漁父見て之に問いて曰く、「子は三閭大夫に非ずや。何の故に斯に至れる。」と。屈原曰く、「世を挙げて皆濁り、我独り清めり。衆人皆酔い、我独り醒めたり。是を以て放たる。」と。

漁父曰く、「聖人は物に凝滞せずして、能く世と推移す。世人皆濁らば、何ぞ其の泥を淈して、其の波を揚げざる。衆人皆酔わば、何ぞ其の糟を餔いて、其の釃を歠らざる。何の故に深く思い高く挙がりて、自ら放たれしむるを為すや。」と。

屈原曰く、「吾之を聞けり、新たに沐する者は、必ず冠を弾き、新たに浴する者は、必ず衣を振るう、と。安くんぞ能く身の察察たるを以て、物の汶汶たる者を受けんや。寧ろ湘流に赴きて、江魚の腹中に葬らるとも、又た安くんぞ能く皓皓の白きを以てして、世俗の塵埃を蒙らんや。」と。

漁父莞爾として笑い、枻を鼓して去る。歌いて曰く、

滄浪の水清まば、以て吾が纓を濯うべし。
滄浪の水濁らば、以て吾が足を濯うべし。

と。遂に去りて復た与に言わず。

屈原は追放されてから、深い淵のほとりをさまよい、沼や沢のほとりを歌をくちずさみながら歩いていた。顔いろはやつれ、姿はやせ衰えていた。一人の漁師がこれを見て尋ねた。「あなたは三閭大夫ではありませんか。どうしてこのような姿になられたのですか。」と。屈原は、「世の人々はみな濁っているのに、私だけが清らかです。世の人々はみな酔っているのに、私だけが覚めています。そのために追放されてしまったのです。」と答えた。

◉漁父　漁師。「父」は、野老のとき「ホ」と読む。◉辞　韻文体の一種。対句と押韻を多用する。◉放　追放される。◉江潭　川の深い淵。川べりと取ることもできる。◉行　「ゆくゆく」とくり返して読む。◉沢畔　沼や沢のほとり。◉憔悴　やつれる。◉形容　姿。◉枯槁

すると漁師が言う、「聖人は物事にこだわらず、よく世間といっしょに移り変わってゆくものです。世の人々がみな濁っているならば、どうしてその泥をかきまぜて、同じ濁った波をあげないのですか。世の人々がみな酔っているならば、どうしてその酒かすまでたべ、薄酒までも飲もうとしないのですか。何のために深刻に考え、高潔に振る舞って世俗と同調せず、自分から追放されるようなことをしたのですか。」と。

屈原はこれに対して、「私は、こういうことを聞いています。『髪を洗ったばかりの人は、必ず冠のちりを指ではじき落としてからこれをかぶり、入浴したばかりの人は、必ず着物を振ってほこりを払ってからこれを着る。』と。どうしてこの潔白の身に、汚れた物を受けることができましょうか。いっそのこと湘江の流れに身を投げて、川魚の餌食になったとしても、どうして潔白なわが身に、世俗の汚れを受けることができましょうか。」と答えた。

漁師は、にっこり笑い、船ばたを叩きながら去って行った。去りながら、こんな歌をうたった。

　滄浪の水が澄んでいるときは、私の纓を洗いましょう。
　滄浪の水が濁っているときは、吾の足を洗いましょう。

と。そのまま立ち去って、二度と言葉を交わさなかった。

やせ衰える。◉三閭大夫　楚の官名。屈氏、景氏、昭氏の三王族を管理した。◉何故　どうして。◉至於斯　「顔色憔悴し、形容枯槁」する状態に至る。◉挙世　世を挙げて。世間の人は残らず全部。◉濁　汚濁に染まる。◉我独　私ひとり。◉清　清廉潔白。◉是以　そこで。「ここヲもっテ」と読む。「以是」は、「これヲもっテ」。◉見放　追放される。「見」は受け身を表す。◉凝滞　こだわる。◉与世推移　世俗と順応する。◉淈　かき混ぜて濁す。◉餔　食べる。◉糟　酒かす。◉歠　すする。飲む。◉醨　酒かすから作った薄い酒。◉深思　深刻に考える。◉高挙　高潔に振る舞って世俗と同調しない。◉令　使役の助字。◉新沐者　髪を洗ったばかりの人。「沐」は、髪を洗う。◉弾冠　冠のちりを指ではじき落とす。◉新浴者　身体を洗ったばかりの人。「浴」は、身体を洗う。◉

この文章は、屈原と漁父との会話で成り立ち、まるで芝居の一こまを見るかのようである。会話による話の進め方は、極めて緊密で、前後相呼応している。例えば、第二段の漁父の言葉の「世人皆濁らば、～」は、第一段の屈原の「世を挙げて皆濁り、」を受け、屈原は「濁」を比喩的に用いているのに対して、漁父はその比喩を具体的な状況に置いて述べている。「衆人皆酔わば～」も、同様である。

漁父のいう「聖人」は、儒家の「聖人」とは異なる。儒家の場合は、道徳にかなった理想の人物をさすが、漁父の場合は、「物に凝滞せずして、能く世と推移す」るとあることから、自然と一体になり、事物の是非善悪を超越する人物をさす。老荘思想でいう「真人」に当たるであろう。

漁父が去るときうたった歌も、「聖人」の解釈と同様のものである。一説に、「世の中に道が行われている時は、衣冠をととのえて朝廷に出仕し、世が乱れている時は、世を逃れて隠遁するのがよい。」と解釈するが、漁父の主張は出仕とか隠遁とかにはもともと関係ない。『老子』の「玄同」や「和光同塵」と同じ境地である。

漁父のうたった歌は「滄浪の歌」と言われる。この歌は、「孺子の歌」=童謡として、『孟子』離婁にも引用されている。この歌を聞いた孔子は、「清まば斯(ここ)に纓を濯い、濁らば斯に足を濯う。自ら之を取るなり。」

振衣　衣類のほこりを振り払う。◉察察　潔白なさま。◉汶汶　汚れているさま。◉寧　二つのことを比較して、その一つを選択し、それに安んじようとする。ここでは、世俗に染まることと、川に身を投げることを比較し、後者を選び、やすんじることをいう。◉赴　ここでは「入水する」の意。◉湘流　湘江。湖北省を北流し、洞庭湖に注ぐ。◉安　どうして～しようか。反語で、絶対～しない、の意を表す。◉皓皓　真っ白い様子。◉莞爾　にっこり笑う様子。◉鼓枻　船ばたを叩く。また、リズムをつけて舟をこぐ。「枻」は、かい。◉滄浪　漢水の別名。湖北省武漢市で長江に注ぐ。◉兮　口調を整え、勢いを強める助字。◉纓　冠のひも。◉不復与言　二度と、ともに言葉を交わさなかった。「不復」は、強い否定を表す。

と批判したという。孔子は、きれいな纓を入れられるか、汚れた足を入れられるかは、川の水自身が選び取っているものだ、人間の幸不幸も、結局は自分自身で招くものだ、という解釈になる。

「新たに沐する者は、~必ず衣を振るう」は、自分が潔白であろうとする者は、身につける物も汚すまいとする、という意味。この表現は、屈原よりやや後輩にあたる荀卿の『荀子』不苟篇にも「新たに浴する者の其の衣を振るい、新たに沐する者の其の冠を弾くは、人の情なり。」とある。当時、言い慣わされていた言葉だったのだろう。

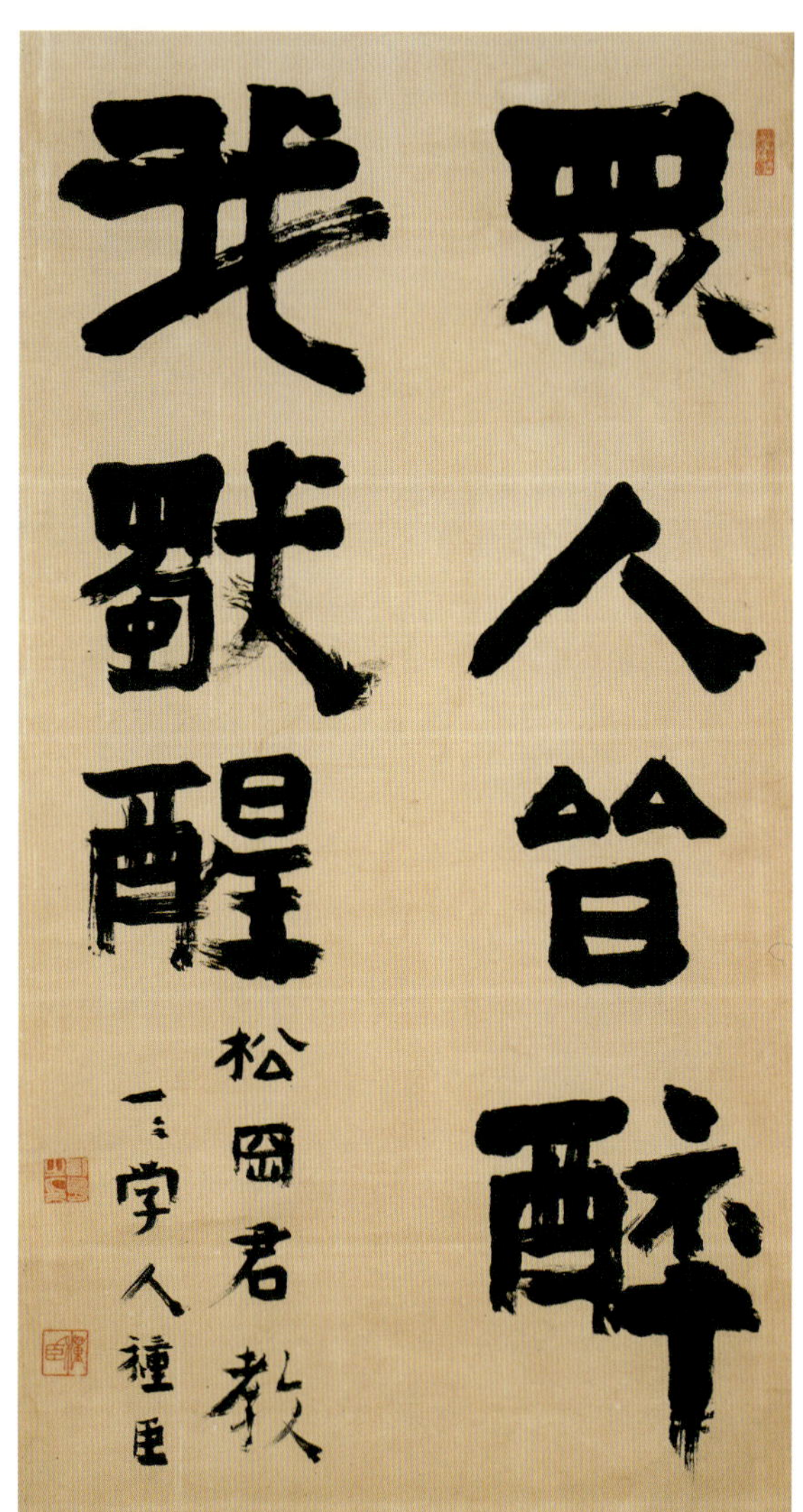

屈原「漁父辞」　副島種臣書　佐賀鍋島報效会

座右銘

座右の銘（ざゆうのめい）……崔瑗（さいえん）

無道人之短、無説己之長。施人愼勿念、受施愼勿忘。世譽不足慕、惟仁爲紀綱。隱心而後動、謗議庸何傷。無使名過實、守愚聖所臧。在涅貴不淄、曖曖內含光。柔弱生之徒、老氏誡剛彊。行行鄙夫志、悠悠故難量。愼言節飮食、知足勝不祥。行之苟有恆、久久自芬芳。

人の短を道うこと無かれ、己の長を説くこと無かれ。人に施しては慎んで念うこと勿かれ、施しを受けては慎んで忘るること勿かれ。世誉は慕うに足らず、惟だ仁のみを紀綱と為せ。心に隠りて後動け、謗議庸何ぞ傷まん。名をして実に過ぎ使むること無かれ、愚を守るは聖の臧する所なり。涅に在りて淄まざるを貴び、曖曖として内に光を含め。柔弱は生の徒、老氏剛彊を誡む。行行たるは鄙夫の志、悠悠たるは故より量り難し。言を慎んで飲食を節し、足るを知れば不祥に勝つ。之を行いて苟も恒有らば、久久として自ずから芬芳あらん。

人の短所は言うな、自分の長所は自慢するな。人によいことをしたら早く忘れよ、だが人からよいことをされたら決して忘れるな。世間の名誉を得ようなどと思うな、ただ仁を心の寄り所にせよ。心のなかで十分考えてから行動に移せ、そうすれば人の非謗に心を傷めることもないだろう。実力以上の評判がたたないようにせよ、愚直を守ることは聖人も奨励している。泥のなかにあっても黒く染まらないように、暗愚なようで内に輝きをもて。柔らかくしなやかであることがこの世をいきる道、老子も剛強を戒めている。目だつのが好きでいばりくさって生きるのは

◉世誉　世間の人々から受ける名誉。◉仁　図版は「人」になっている。◉紀綱　心の支え。◉隠　はかる。◉謗議　非難。悪口。◉庸何　反語を表す。◉臧　よいとする。称える。◉在涅貴不淄　涅は黒い泥。不淄は染まらない。黒い泥の中にいても黒く染まらないことを貴ぶ。志を堅く持ち、まわりに影響されないこと貴ぶ、ということ。

つまらぬ男の考えること、悠々とした生き方ははかり知れないほど深い。言葉をつつしみ暴飲暴食をするな、満足することを心得ておれば災いにも勝てる。以上のことを常に行えば、長い年月のうちにおのずから徳のかおりが漂うであろう。

処世訓をまとめ、常に座右にして平生の戒めとしたもの。儒家思想と道家思想が混在する。「座右の銘」という言葉がここから出来た。『文選』に収める。

崔瑗（七七～一四二）

後漢、琢郡安平の人。字は子玉。学者崔駰（二七～九二）の子。早く父を失ったが、志を強く持ち学を好み、父の業を伝えた。十八歳で京師に上り、四十歳で始めて郡吏となった。後、茂才に挙げられ、汲県の令に遷り、漢安の初め、済北郡の丞相となったが、病のために亡くなった。文辞に秀で、もっとも書・記・箴・銘を得意とした。『後漢書』巻五十二に伝がある。

鄧石如（一七四三～一八〇五）

清、安徽省懐寧の人。名は琰、字は石如。仁宗の諱を避けて字の石如

出典は『論語』陽貨。◉曖曖　暗愚なさま。◉柔弱　よわよわしいこと。『老子』第七十六に「人の生まるるや柔弱、其の死するや堅強。…柔弱なる者は生の徒なり」とある。また第三十六に「柔弱　剛強に勝つ」と。◉老氏　老子。◉剛彊　強い。◉行行　剛強のさま。◉鄙夫　心がせまく、いやしい男。◉悠悠　遠くはるかなさま。◉知足　自分の天分に満足すること。『老子』第四十四に「足るを知れば辱められず、止まるを知れば殆うからず。以て長久なる可し」と。◉久久　長い間。◉芬芳　よいかおり。さかんで美しい。

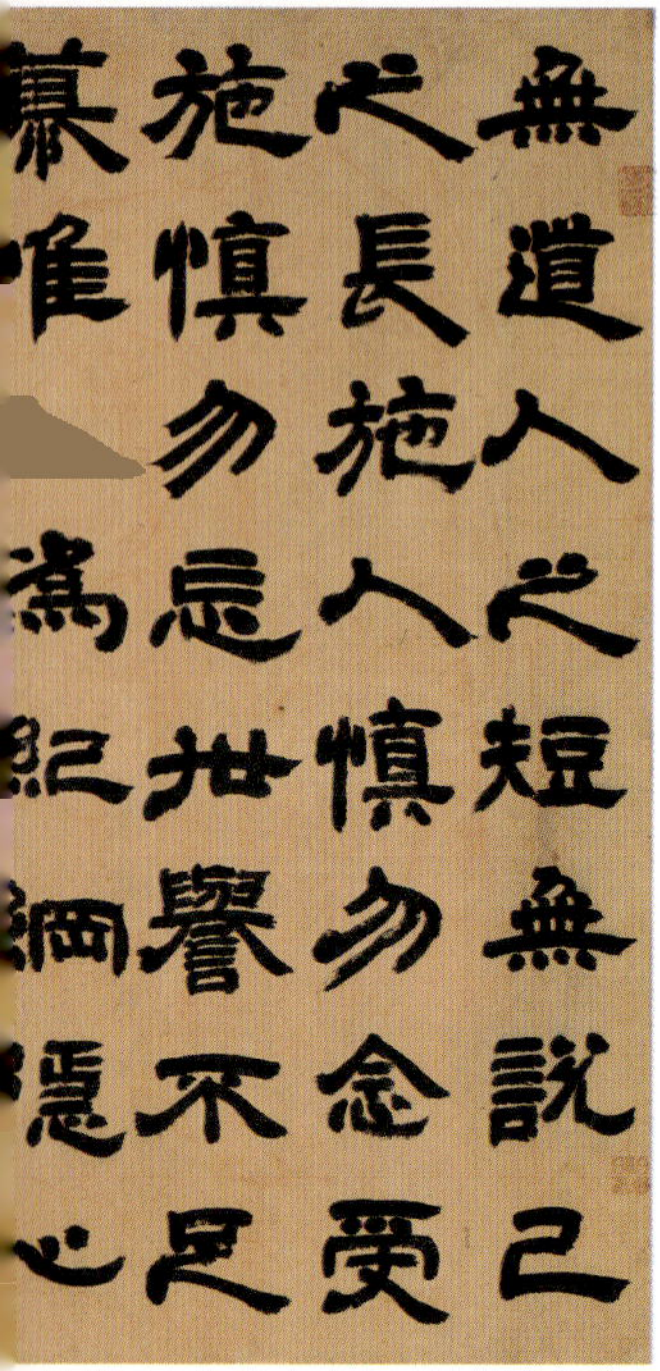

をもって呼ぶ。のち字を頑伯に改める。皖公山下に居るとき、また完白山人と号した。田舎に生まれたので見聞も少なく、ひたすら刻石を好んで漢人の印篆を真似て、はなはだ巧みだった。江寧の梅鏐（ばいりゅう）の家に出入りすること八年、その蔵書の秘府珍異を見、秦漢以来の金石の善本を学んで、書を大成した。篆法は、史籀に得てやや隷意をまじえているという。『完白山人篆刻偶存』などがある。

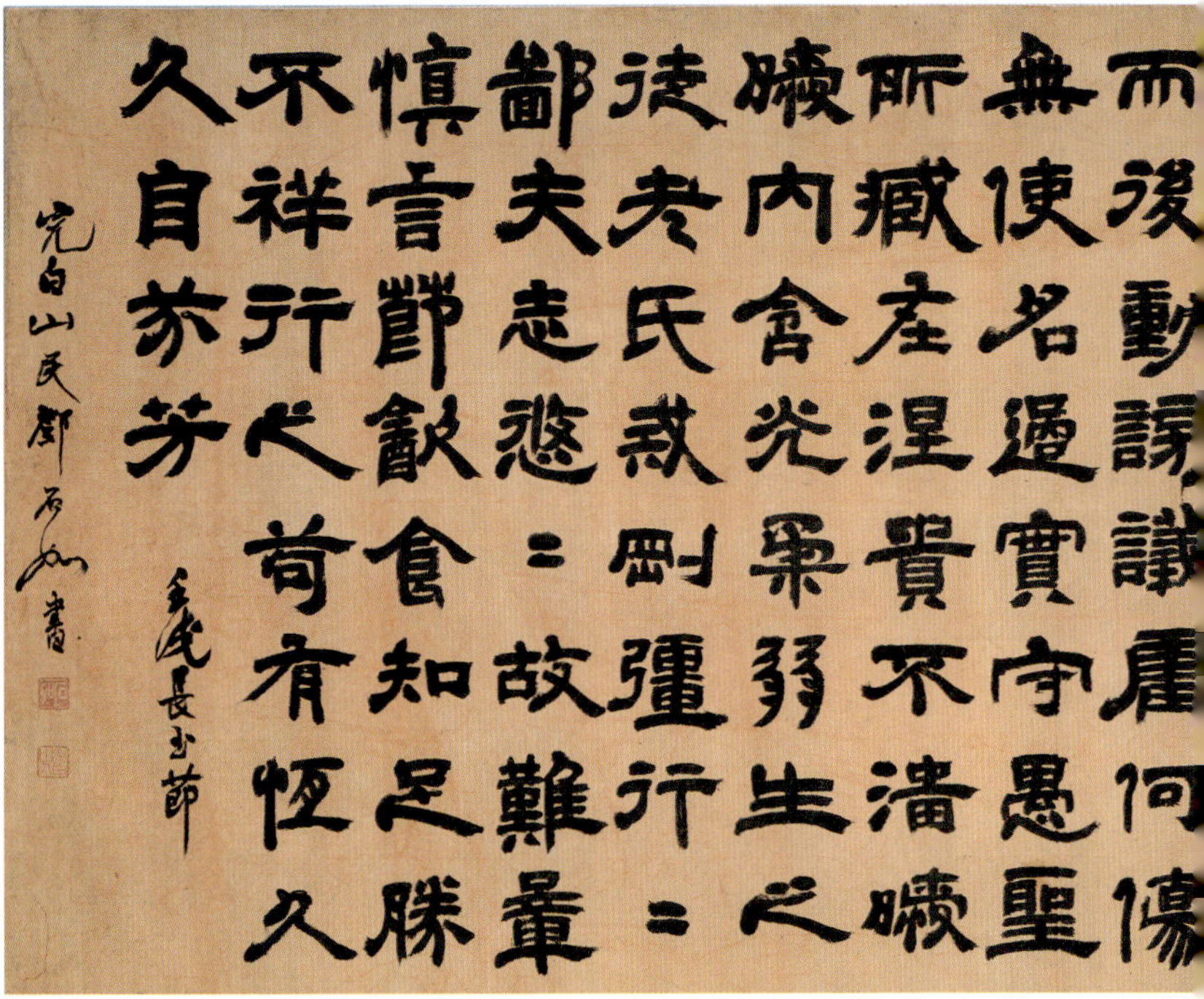

崔瑗「座右銘」 鄧石如書

酒德頌

酒徳頌（しゅとくしょう）……劉伶（りゅうれい）

有大人先生。以天地爲一朝、萬期爲須臾、日月爲扃牖、八荒爲庭衢。行無轍跡、居無室廬。幕天席地、縱意所如。止則操危執觚、動則挈榼提壺、唯酒是務、焉知其餘。

有貴介公子、搢紳處士。聞吾風聲、議其所以。乃奮袂攘衿、怒目切齒、陳説禮法、是非鋒起。先生於是方捧甖承槽、銜杯漱醪、奮髯踑踞、枕麴藉糟、無思無慮、其樂陶陶。兀然而醉、豁爾而醒。靜聽不聞雷霆之聲、熟視不覩泰山之形。不覺寒暑之切肌、利欲之感情。俯觀萬物擾擾焉、如江漢之載浮萍。二豪侍レ側焉、如三蜾蠃之與二螟蛉一。

大人先生というもの有り。天地を以て一朝と為し、萬期を須臾と為し、日月を扃牖と為し、八荒を庭衢と為す。行くに轍跡無く、居るに室廬無し。天を幕とし地を席とし、意の如く所を縦にす。止まれば則ち卮を操り觚を執り、動けば則ち榼を挈げ壺を提げ、唯だ酒のみを是れ務む、焉くんぞ其の餘を知らんや。

貴介公子、搢紳処士というもの有り。吾が風声を聞きて、其の所以を議す。乃ち袂を奮い衿を攘い、目を怒らし歯を切し、礼法を陳説し、是非鋒起す。先生是に於いて方に罌を捧げ槽を承け、杯を銜み醪を漱り、髯を奮って箕踞し、麴を枕にし糟を藉き、思うこと無く慮ること無く、其の楽しみ陶陶たり。兀然として酔い、豁爾として醒む。静聴すれども雷霆の声を聞かず、熟視すれども泰山の形を覩ず。寒暑の肌に切に、利欲の情に感ずるを覚えず。俯して萬物の擾擾たるを観ること、江漢の浮萍を載するが如し。二豪の側に侍すること、蜾蠃の螟蛉と与にするが如し。

大人先生というものがいる。天地が開けてからの間を一日とし、一万年を瞬時のこととし、太陽と月を門や窓のようにみなし、全世界を庭のようにみている。行くときには車のわだちができないように、人の足跡が残らないように行き、住むにも人知れず、住む家も定かでない。大空をおおいとし大地を敷物とし、思うままにふるまっている。そうして、とどまるときは酒杯を手にとり、動くときは酒だるや酒つぼをぶらさげて、もっぱら酒のことだけに精を出し、他の事は何も関係がないようである。

貴介公子・搢紳処士というものがいた。我が大人先生の風格と評判を聞いて、その善し悪しを議論した。すると、袂を振るい襟を払い、目を怒らせ歯ぎしりし、礼法を述べ立て、賛否の議論が刀の切先のように迫った。その時先生は折りしも酒がめを捧げ持ち、酒おけに受け、杯を口にし、どぶろくをすすりながら、ひげをふるい動かし、両足を投げ出して坐り、麹を枕にし酒粕を敷いて横になり、何も思いわずらうことなく、陶然として楽しそうであった。先生はうっとりとして酔い、そしてからりとして醒める。耳を澄ませても雷の音すら耳に入らず、目を凝らしても泰山の姿すら目に入らない。寒さや暑さが肌を刺したり、利欲に心が動かされることもない。うつむいて、万物の乱れる有様を見ても、長江や漢水のような大河が浮き草を浮かべているように見えるのである。だ

◉大人　宇宙の大道を体得した人。作者劉伶を仮託している。◉天地　天地が開けてからの間。◉一朝　一日。◉萬期　一万年。◉須臾　瞬時。◉日月　太陽と月。◉扃牖　かんぬきと窓。門と窓。◉八荒　八方の果て。転じて全世界。◉庭衢　庭。図版は「衢」が「除」になっている。◉行無轍跡　車のわだちができないように、人の足跡が残らないように行くこと。『老子』第二十七に「善く行くものは轍迹無し」とある。◉室廬　住む家。図版は「室幕」になっている。◉幕天　大空を屋根とする。図版は「廬天」になっている。◉席地　大地を敷物とする。◉縱意所如　思うままにふるまう。◉操卮執觚　酒杯を手にとる。「卮」は大杯。「觚」は儀式に用いる杯。◉挈榼提壺　酒だるや酒つぼをぶらさげる。「挈」「提」はともにひっさげる。「榼」は、酒器、酒だる。「壺」は、酒器、酒つぼ。

から、二人の豪士がかたわらにはべって論争をしかけても、ジガバチと青虫のように物の数にも入らないのであった。

「酒徳頌」は、酒の功徳をほめたたえる、の意。酒に浸ることによって、礼教にとらわれることなく自由に生きることができると、酒の功徳をほめたたえる。

図版は文字の異同が多く、「乃奮袂攘衿、怒目切歯」「奮髯踑踞、枕麴藉糟」の句が抜けている。

劉伶（りゅうれい）

西晋時代、沛国（安徽省宿県）の人。字は、伯倫。思いのままに行動し、宇宙は狭く万物は斉しいと考えていた。言葉少なく物静かで、人と妄りに交際しなかった。ただ、阮籍（げんせき）・嵆康（けいこう）とは心からうち解けて交際した。家のことには意に介せず、常に鹿車に乗り、一壺の酒をたずさえ、従者に鋤をもたせて出かけ、「死んだらそこに埋めろ」と言っていた。建威参軍になったことがある。晋・武帝の泰始年間の初め、朝廷で対策し、無為の化を説いたため罷免された。竹林の七賢の一人。

◉唯酒是務　ただ酒のことだけに精を出す。◉焉知　どうして知ろうか、知らない。反語。◉其餘　その他のこと。◉貴介公子　身分の高い家柄の若者。架空の人物。◉搢紳処士　高貴有徳の人。架空の人物。「搢紳」は、赤白色の帯。また、それをつけていること。転じて貴顕・貴人をいう。「処士」は、仕えていない士。後には優れた人物を言うようになった。◉風声　風格と評判。◉議其所以　その善し悪しを議論する。◉奮袂攘衿　袂を振るい襟を払う。決心して勢いよく立ち上がるさま。◉怒目切歯　目を怒らせ歯ぎしりする。◉陳説礼法　礼法を述べ立てる。「陳」は述べる。◉是非鋒起　賛否の議論を戦わせる。図版は「似非鵲起」になっている。◉於是　その時。◉方　折りしも。◉捧甖承槽　酒がめを捧げ持ち、酒おけに受ける。「甖」は酒などを入れるかめの総称。「槽」は酒などを

入れるおけ、さかぶね。◉銜杯漱醪　杯を口にし、どぶろくをすする。「醪」は濁り酒。◉奮髯踑踞　ひげを捻り、両足を投げ出して坐る。◉枕麴藉糟　麴を枕にし酒粕を敷いて横になる。◉無思無慮　考え思うことがない。『荘子』知北遊に「思うこと無く慮ること無くして、始めて道を知らん」とある。図版は上に「亦」の字がある。◉陶陶　和らぎ楽しむさま。◉兀然　無知のさま。また、安んじおごるさま。◉豁爾　酔いのさめるさま。◉静聴　耳を澄ませて聴く。◉雷霆之声　はげしい雷の音。◉熟視　目を凝らして見る。◉不覩　目に入らない。◉泰山之形　泰山のすがた。「泰山」は山東省にある名山。◉不覚　感じない。◉寒暑之切肌　寒暑が肌を刺す。◉利欲之感情　利欲によって心が動かされる。◉俯観　見下ろしてみる。◉擾擾　乱れるさま。◉江漢之載浮萍　長江・漢水

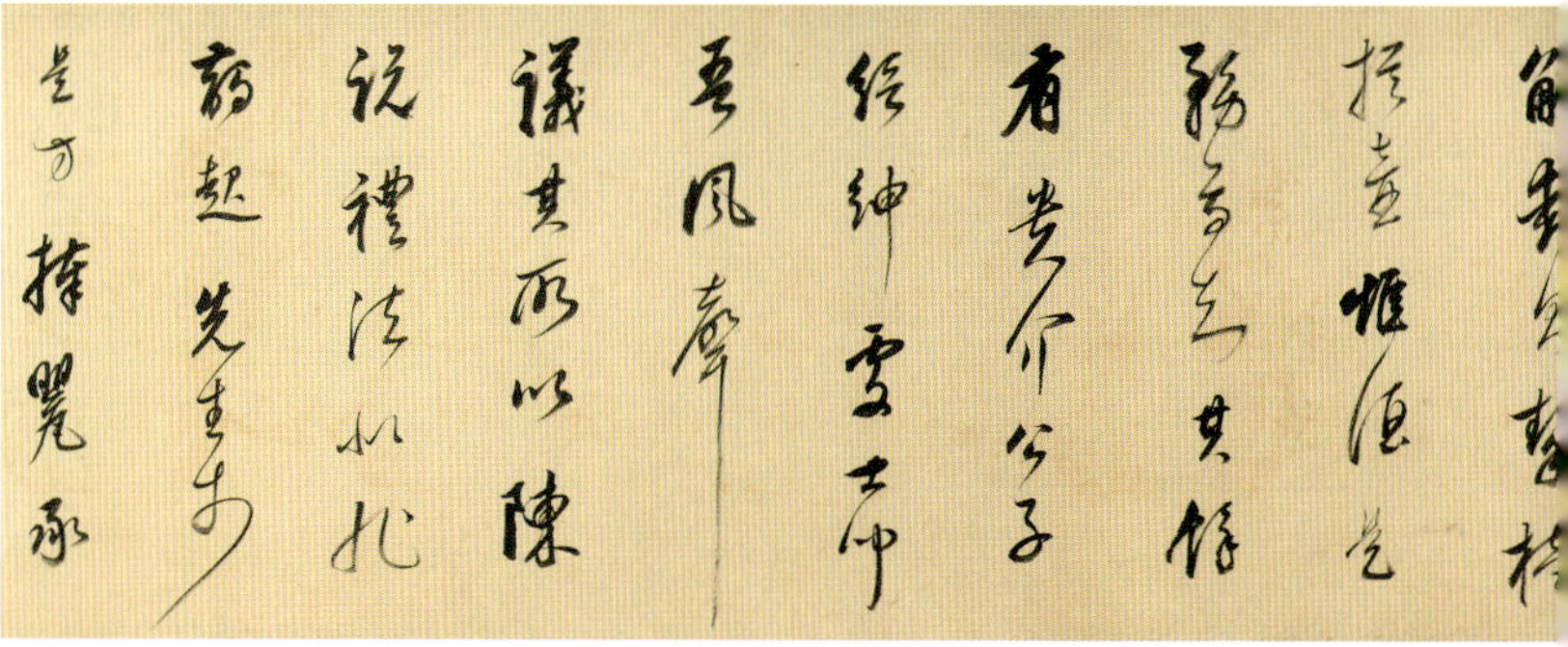

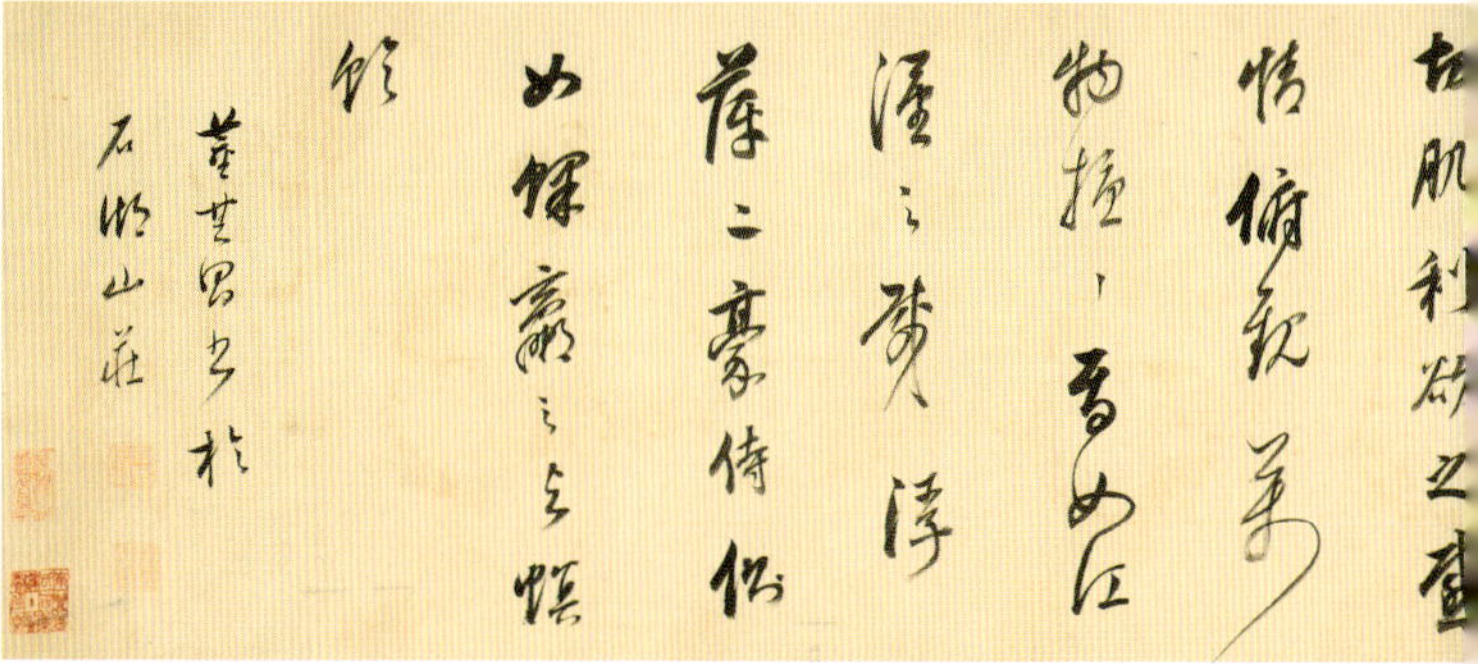

劉伶「酒徳頌」　董其昌書

が浮き草を浮かべる。◉二豪侍側　二人の貴顕がかたわらにはべる。「豪」は貴介公子と搢紳処士をさす。◉蜾蠃之与螟蛉　ジガバチと青虫。「蜾蠃」は土蜂、ジガバチ。「之与」は「与」一字と同じ働き。「螟蛉」は青虫。

前赤壁賦

前赤壁の賦（ぜんせきへきのふ）……………………蘇軾（そしょく）

壬戌之秋、七月既望、蘇子與客泛舟、遊于赤壁之下。清風徐來、水波不興。舉酒屬客、誦明月之詩、歌窈窕之章。少焉月出于東山之上、徘徊於斗牛之間。白露横江、水光接天。縱一葦之所如、凌萬頃之茫然。浩浩乎如馮虛御風、而不知其所止、飄飄乎如遺世獨立、羽化而登仙。

於是飲酒樂甚。扣舷而歌之。歌曰、桂棹兮蘭槳、擊空明兮遡流光。渺渺兮余懷、望美人兮天一方。客有吹洞簫者、倚歌而和之。其聲烏烏然、如怨如慕、如泣如愬。餘音嫋嫋、不絶如縷。舞幽壑之潛蛟、泣孤舟之嫠婦。

蘇子愀然正襟、危坐而問客曰、何爲其然也。客曰、月明星稀、烏鵲南飛、此非曹孟德之詩乎。西望夏口、東望武昌、山川相繆、鬱乎蒼蒼。此非孟德之困於周郎者乎。方其破荊州、下江陵、順流而東也、舳艫千里、旌旗蔽空。釃酒臨江、横槊賦詩。固一世之雄也。而今安在哉。況吾與子、漁樵於江渚之上、侶魚鰕而友麋鹿、駕一葉之扁舟、擧匏尊以相屬、寄蜉蝣於天地、渺滄海之一粟。哀吾生之須臾、羨長江之無窮。挾飛仙以遨遊、抱明月而長終、知不可乎驟得、託遺響於悲風。

蘇子曰、客亦知夫水與月乎。逝者如斯、而未嘗往也。盈虛者如彼而卒莫消長也。蓋將自其變者而觀之、則天地曾不能以一瞬。自其不變者而觀之、則物與我皆無盡也。而又何羨乎。且夫天地之閒、物各有主。苟非吾之所有、雖一毫而莫取。唯江上之清風與山閒之明月、耳得之而爲聲、目遇之而成色。取之無禁、用之不竭。是造物者之無盡藏也。而吾與子之所共適。客喜而笑、洗盞更酌。肴核既盡、杯盤狼籍。相與枕藉乎舟中、不知東方之既白。

壬戌の秋、七月既望、蘇子客と舟を泛かべて、赤壁の下に遊ぶ。清風徐ろに来たりて、水波興らず。酒を挙げて客に属し、明月の詩を誦し、窈窕の章を歌う。少焉らくにして月東山の上に出で、斗牛の間に徘徊す。白露江に横たわり、水光天に接す。一葦の如く所を縦にして、萬頃の茫然たるを凌ぐ。浩浩乎として虚に馮り風に御して、其の止まる所を知らざるが如く、飄飄乎として世を遺れて独立し、羽化して登仙するが如し。

是に於いて酒を飲んで楽しむこと甚だし。舷を扣いて之を歌う。歌に曰く、桂の棹蘭の槳、空明に撃ちて流光に遡る。渺渺たり余が懐い、美人を天の一方に望む、と。客に洞簫を吹く者有り、歌に倚りて之に和す。其の声烏烏然として、怨むが如く慕うが如く、泣くが如く愬うるが如し。餘音嫋嫋として、絶えざること縷の如し。幽壑の潜蛟を舞わしめ、孤舟の嫠婦を泣かしむ。

蘇子愀然として襟を正し、危坐して客に問いて曰く、何為れぞ其れ然るや、と。

客曰く、月明らかに星稀に、烏鵲南に飛ぶとは、此れ曹孟徳の詩に非ずや。西のかた夏口を望み、東のかた武昌を望めば、山川相い繆い、鬱乎として蒼蒼たり。此れ孟徳の周郎に困しめられし者に非ずや。其の荊州を破り、江陵より下り、流れに順って東するに方りてや、舳艫千里、旌旗空を蔽う。酒を釃みて江に臨み、槊を横たえて詩を賦す。固に一世の雄なり。而るに今安くにか在る。況んや吾と子と、江渚の上に漁樵し、魚鰕を侶とし麋鹿を友とし、一葉の扁舟に駕し、匏尊を挙げて以て相い属し、蜉蝣を天地に寄す、渺たる滄海の一粟なるをや。吾が生の須臾なるを哀しみ、長江の窮まり無きを羨む。飛仙を挟みて以て遨遊し、明月を抱きて長に終えんこと、驟かに得べからざるを知り、遺響を悲風に託せり、と。

　蘇子曰く、客も亦た夫の水と月とを知るか。逝く者は斯くの如くなれども、未だ嘗て往かざるなり。盈虚する者は彼の如くなれども卒に消長すること莫きなり。蓋し将た其の変ずる者自りして之を観れば、則ち天地も曾て以て一瞬なること能わず。其の変ぜざる者自りして之を観れば、則ち物と我と皆尽くること無きなり。而るに又た何をか羨まんや。且つ夫れ天地の間、物各おの主有り。苟しくも吾の有する所に非ざれば、一毫と雖も取ること莫からん。唯だ江上の清風と山間の明月とは、耳之を得て声を為し、目之に遇いて色を成す。之を取れども禁ずる無く、之を用うれども竭きず。是れ造物者の無尽蔵なり。而して吾と子との共に適する所なり、と。客喜びて笑い、盞を洗いて更に酌む。肴核既に尽きて、杯盤狼籍たり。相い与に舟中に枕藉して、東方の既に白むを知らず。

壬戌（元豊五年、一〇八二）の秋七月十六日の夜、蘇子は友人と舟を浮かべて赤壁のあたりに遊んだ。すがすがしい風が静かに吹いてきて、川面には波が少しも立たない。蘇子は酒をとって客にすすめながら、「明月」の詩を口ずさんだり、「窈窕」の一段を吟じたりした。しばらくすると、月が東の山にのぼり、斗宿と牛宿のあたりへとゆっくり移って行った。うすく白いもやが江上にたなびき、月に照らされて輝く水面が空と連なり、空と水の境もわからない。葦の葉のような小舟の流れゆくのにまかせて、果てしなく広い水面をどこまでも進んで行く。すると、まことに広々として、まるで虚空に浮かび風に乗って、止まる所もわからず、ふわふわと身軽になって、俗世間のことは一切忘れて、ただひとり羽が生えて仙人になり、天空高く登っていくような感じがした。

　そこで、酒を飲んでとても楽しくなり、船べりをたたいて拍子をとりながら、歌をうたった。その歌は、

　桂の棹や蘭のかじで、水に映る月の光をくだき、きらきら輝く水面をさかのぼる。わが思いは果ても知らず、美人をはるか天のかなたに望み見る。

と。すると客のなかで洞簫を吹く者がいて、歌にあわせて吹いた。その音色はウーウーと響き、いかにも悲しげで、恨むようでもあり、慕うようでもあり、泣くようでもあり、訴えているようでもあった。余韻が細

◉壬戌　北宗の仁宗の元豊五年（一〇八二）。◉秋七月　旧暦では七月は秋。◉既望　十六日。◉蘇子　作者の蘇軾が自分を三人称的に表現したもの。◉客　客人。蘇軾の友人の楊世昌とも、李委才とも言われるが不詳。◉泛舟　舟を浮かべる。◉赤壁　武漢から長江を少し下った所にある。三国志で知られる古戦場の赤壁とは異なる。◉徐来　静かに吹いてくる。◉属客　客にすすめる。◉明月之詩　『詩経』陳風「月出」の「月出でて皎たり、佼人僚たり」をさす。◉窈窕之章　『詩経』周南「関雎」の「窈窕たる淑女は、君子の好逑」をさす。◉少焉　しばらくして。◉徘徊　ゆっくり進むさま。◉斗牛之間　斗宿と牛宿のあたり。「宿」は星座。「斗宿」は射手座に属し、「牛宿」は山羊座に属す。いずれも中国天文学の二十八宿に数えられる。古代の占星術では地上の呉越の地に相当し、赤壁の戦

く長く続き、切れそうで切れないところは、糸のようである。その音は、谷の奥深くに潜む龍をも舞わせ、夫に死に別れてひとり孤舟を守る寡婦を泣かせるほどであった。

　蘇子は憂わしげに顔色を変え、着物の襟を合わせ、きちんと坐りなおして、客に尋ねた。「どうしてそんなに悲しい音色をかなでるのですか」と。すると客が言うには『月の光が明るく星の光がまばらに見える中を、かささぎが南に飛んでいく』というのは、曹孟徳の詩ではありませんか。西のかた夏口のあたりを望み、東のかた武昌のあたりを望めば、山と川とが絡み合うように入り組んで、樹木が青々とこんもり茂っています。あのあたりこそ、曹孟徳が周郎に苦しめられ、敗れたところではありませんか。曹孟徳が荊州を破り、江陵から長江を下り、流れに従って東に進撃したときには、ともとへさきが千里も連なり、船上の大小の旗が大空を覆い隠すほどでした。曹孟徳は酒を酌みながら江に臨み、ほこを横たえてこの詩を作ったのです。まことに一代の英雄です。しかし、その曹孟徳は、今いったいどこにいるのでしょうか。ましてわたしとあなたとは、江の岸辺で魚をとったり薪をとったりして、魚やえびを仲間とし、鹿を友達にして、小舟にのって酒つぼをあげて酌み交わしながら、かげろうのようなはかない命をこの天地の間に寄せていて、いわば果てしない青海原のなかの一粒の粟粒のような、小さな存在でしかありませ

いへの連想を引き出す。◉白露　白いモヤ。◉水光　月光に照らされて輝く水面。◉接天　空と接続する。◉縦　まかせる。◉一葦　葦の葉のような小舟。◉如　行く。◉凌　どこまでも進んで行く。◉萬頃　広いさま。◉浩浩乎　広々としているさま。◉茫然　広いさま。◉馮虚　虚空に身を寄せる。◉御風　風に乗る。◉飄飄乎　ひらひらと風にひるがえるさま。◉遺世　世事を忘却する。◉独立　ひとり万物の外に立つ。◉羽化而登仙　羽が生え、仙人となって天に昇る。◉於是　そこで。◉扣舷　船べりをたたく。◉桂棹兮蘭槳　香木の桂（もくせい）で作ったさおと、香木の蘭（あららぎ）で作ったかい。「兮」は調子を整えるための助字。楚の地方の歌によく用いられる。◉空明　空のように澄み渡った水明かり。あるいは、水に映る月の光。◉遡　さかのぼる。◉流光　水の流れに月が映り、

ん。我々の人生がほんのわずかな間でしかないのが悲しく、この長江の流れが永遠に尽きることのないのが羨ましくなったのです。そうかと言って、空を飛ぶ仙人といっしょに天界を自由に遊び回ったり、名月を抱いて天上に上り永久不死でありたいと願っても、たやすく得られるものでないことは分かっていますから、せめて洞簫の余韻を寂しい秋風によせて響かせたのです」と。

　蘇子が言った。「あの水と月とをご存じでしょう。去りゆくものは、川の水のように流れ去っていきますが、それでいながら川の水は行ってしまったままということは決してありません。満ちたり欠けたりするものは、あの月のように変化しますが、それでいて月は欠けたままであったり満ちてさらに大きくなったりはしません。つまり、変化するという立場から見れば、この天地でさえ一瞬の間も変わらないでいることはできません。しかし、すべてが不変であるという立場から見れば、万物も我々人間も尽き果てるということはないのです。ですから何を羨むことがありましょう。それに天地の万物には持ち主がいるものです。かりにも自分の所有物でないならば、一本の細い毛のほどのきわめてわずかなものでも取るわけにはいきません。ただ、この川面をわたるすがすがしい風と、あの山に差し出た月とは、耳がそれを聞けば音楽の響きとなり、目がそれを見れば美しい風景となります。これはいくら取っても誰にも

きらきら輝くこと。◉渺渺　はるかに遠いさま。◉美人　君子、月、女神、が考えられる。◉洞簫　尺八に似た管楽器。大きいものは二十二孔、小さいものは十六孔。筒の底がなく、上下が通じている。◉倚歌　歌にあわせる。伴奏する。◉烏烏然　むせぶような低い音色のさま。「嗚嗚然」に作るテキストもある。◉嫋嫋　弱く長く続くさま。◉縷　糸筋。◉舞　舞をまう。◉幽壑之潜蛟　深い谷にひそんでいるみずち。「蛟」は龍の一種。◉孤舟之嫠婦　いっそうの小舟に乗っている寡婦（夫に先立たれた婦人）。◉愀然　顔色を変えて憂えるさま。◉正襟　着物の前襟を合わせて身繕いすること。◉危坐　正坐する。◉何為　どうして。◉月明星稀烏鵲南飛　月の光が明るく星の光がまばらに見える中を、かささぎが南に飛んでいく。魏の曹操の「短歌行」の句。◉非　～ではないか、確かにそうだ。

止められず、いくら使っても無くなりません。これこそ造物者の無尽蔵、いくら取っても無くなることのない宝庫、というべきでしょう。そしてわたしとあなたとが共に心のままに享受しているものなのです」と。これを聞いた客は喜んで笑い、杯を洗ってあらためて飲みなおした。そして、酒のさかなもなくなり、杯や皿が入り乱れたまま、舟の中で互いに寄りかかりながら眠ってしまい、東の空が白んできたのにも気がつかなかった。

赤壁の船遊びに出かけたときの美しい風景と、感動から始まる。蘇(そ)軾(しょく)が朗々と歌うと、それに和して客人が悲哀に満ちた音色で洞簫を吹く。蘇軾がなぜそのように哀しい音色なのかと問うと、客人は往事の赤壁の戦いを回想しながら、人生ははかない、とその悲観的な人生観・無常観を吐露する。それに対して蘇軾は、物事の変と不変、万物の流転と恒常という、独自の人生観・世界観を述べ、人生をはかないものと思うのも、万物が不滅と思うのも、結局は見方次第、考え方次第であり、我々には無尽蔵の大自然がある、それを友とし楽しめばいい、とその楽天的な人生観を披露する。

客人との問答をとおして、緊密な構成のもとに、蘇軾の人生観が語られる名文である。

◉曹孟徳　曹操（一五五～二二〇）。孟徳は字(あざな)。◉西　図版では「東」になっている。◉夏口　湖北省武漢市の付近。長江に漢水が注ぎ込むあたり。◉東　図版では「西」になっている。◉武昌　湖北省鄂城県。◉相繆　地形が入り組んでいること。◉鬱乎蒼蒼　樹木が青々とこんもり茂っているさま。◉周郎　呉の周瑜（一七五～二一〇）。字は公瑾。このとき二十四歳だったので周郎と呼ばれた。建安十三年（二〇八）、魏の曹操が八〇万の大軍を率いて呉に侵攻してきた時、周瑜は蜀の劉備と協力して赤壁で対峙し、周瑜の武将黄蓋の火攻めの計によってわずか三万の水軍で曹操の大艦隊を破った。◉者　所。◉破荊州下江陵　主語は曹操。曹操が荊州を破って江陵に下って。赤壁の戦いの直前の建安十三年の七月、曹操は荊州の劉表を討とうとして南下。劉表が死んだため、その子の劉琮は劉備に

趙孟頫（一二五四〜一三二二）

元、湖州（浙江省）の人。字は子昂、号は松雪道人。宋の太祖の子孫で、孝宗の兄の四代の孫にあたる。幼くして聡明、書物を一読すると暗誦でき、筆を執ればすぐに文ができたという。元の世宗の至元二十三年（一二八六）、逸材募集のときに見いだされ、集賢直学士として元に仕え、世宗に気に入られた。世宗の末年、自ら身をひいて地方官などになったが、仁宗のとき、翰林学士承旨、栄禄大夫となった。死後、魏国公を贈られ、文敏とおくりなされた。文章は時流に冠絶し、かたわら仏教・道教に通じ、詩は清邃奇逸、書画は元代第一とされる。書は、篆籀分隷真行草書いずれも絶妙。伝世の墨跡に『各体千字文』『丈人帖』『八年帖』『遠顧帖』『風采帖』『書赤壁賦』『臨智永千字文』『書盤谷詩』『書春寒詩巻』『書陶詩小楷』『臨募蘭亭』『臨蘭亭巻跋』などがある。著には『松雪斎集』などがある。

救いを求めたが支えきれず降伏した。劉備は江陵（湖北省江陵県）、夏口へと逃れた。曹操はこれを追撃し、呉の孫権を討とうとし、赤壁で対峙することになった。◉舳艫千里　船団が果てしなく続く。「舳」は船首、「艫」は船尾。◉旌旗蔽空　船上の大小の旗が大空を覆い隠す。「旌旗」は旗の総称。「旌」は、旗竿の上に から牛の尾をつけ、これに裂いた鳥の羽を飾った旗。ここは、曹操が呉を討とうとして長江を下り、赤壁に向かう時の威勢を言う。◉釃酒　酒を酌んで飲む。◉横槊　ほこをかたわらに置く。「槊」は柄の長いほこ。約四メートルあった。◉賦詩　詩を作る。『三国志演義』第四十八回に見える。◉固　まったく。◉一世之雄　一代の英雄。◉而　しかるに。逆説の用法。◉今安在哉　現在どこにいるのか。◉況　まして〜はなおさらだ。◉漁樵　漁師と樵夫。◉江渚　長江のなぎさ。

◉侶　友とする。◉魚鰕　魚やえび。◉麋鹿　鹿。「麋」は、おおじか。◉扁舟　小舟。◉匏尊　ひょうたんで作った酒器。「匏」はひょうたん。◉蜉蝣　かげろう。朝生まれて夕方には死ぬという。はかない一生に喩えられる。◉渺滄海之一粟　果てしない青海原のなかの一粒の粟。◉須臾　わずかな間。しばらく。◉挟飛仙　空を飛ぶことのできる仙人といっしょに。「挟」は、小脇にかかえる。◉遨遊　遊ぶ。◉長　永遠に。◉終　結局。◉驟得　たやすく得る。◉遺響　余韻。◉逝者如斯　去りゆくものは水のようなもの。『論語』子罕篇に「子(し)川の上(ほとり)に在りて曰く、逝く者は斯くの如きか、昼夜を舎(お)かず」とある。◉未嘗往也　まだ一度も行ってしまったことはない。◉盈虚者如彼　満ちたり欠けたりするのはあの月のようだ。図版は「彼」が「代」になっている。◉消長　衰えることと盛んになること。◉蓋將　思うに。◉自其変者而観之　変化するという立場から見る。◉天地曾不能以一瞬　天地でさえ一瞬の間も変わらないでいることはできない。◉自其不変者而観之　不変という立場から見る。◉物与我皆無尽　万物も我々人間も尽き果てるということはない。◉何羨乎　何を羨むことがあろうか、羨むことはない。反語形。◉且夫　その上。◉有主　持ち主がいる。◉苟　かりにも。◉非吾之所有　自分の所有物でないならば。◉一毫　一本の細い毛。きわめてわずかなこと。◉耳得之而為声　耳がそれを聞けば音楽の響きとなる。◉目遇之而成色　目がそれを見れば美しい風景となる。◉取之無禁　いくらこれを取っても誰にも止められない。◉用之不竭　いくらこれを使っても無くならない。◉造物者　宇宙万物を造ったもの。◉無尽蔵　いくら取っても無くなることのない倉。取っても取っても尽きないこと。◉適　心にかなう。◉笑　図版は「食」になっている。◉洗盞　杯を洗う。◉肴核　酒のさかな。「肴」はけものや魚の肉。「核」はくだもの。◉杯盤狼籍　杯や皿が乱れているさま。◉枕藉　互いに枕にして寄りかかる。◉白　夜が明ける。

赤壁賦

壬戌之秋七月既望蘇子與客泛
舟遊于赤壁之下清風徐來水
波不興舉酒屬客誦明月之詩

歌窈窕之章少焉月出于東山
之上徘徊於斗牛之間白露横江
水光接天縱一葦之所如淩萬
頃之茫然浩浩乎如馮虛御風而

不知其所止飄飄乎如遺世獨立
羽化而登仙於是飲酒樂甚扣
舷而歌之歌曰桂棹兮蘭槳擊
空明兮遡流光渺渺兮余懷望

美人兮天一方客有吹洞簫者
倚歌而和之其聲烏烏然如怨如
慕如泣如訴餘音嫋嫋不絶如縷
舞幽壑之潛蛟泣孤舟之嫠婦

蘇子愀然正襟危坐而問客曰何
為其然也客曰月明星稀烏鵲南
飛此非曹孟德之詩乎東望夏口
西望武昌山川相繆鬱乎蒼蒼此
非孟德之困於周郎者乎方其破
荊州下江陵順流而東也舳艫
千里旌旗蔽空釃酒臨江橫
槊賦詩固一世之雄也而今安
在哉況吾與子漁樵於江渚之
上侶魚蝦而友麋鹿駕一葉之
扁舟舉匏樽以相屬寄蜉蝣
於天地渺滄海之一粟哀吾生
之須臾羨長江之無窮挾飛
仙以遨遊抱明月而長終知不
可乎驟得託遺響於悲風蘇
子曰客亦知夫水與月乎逝者

如斯而未嘗往也盈虛者如代
而卒莫消長也蓋將自其變者
而觀之則天地曾不能以一瞬
自其不變者而觀之則物與我

皆無盡也而又何羨乎且夫天
地之間物各有主苟非吾之所
有雖一毫而莫取惟江上之清
風與山間之明月耳得之而

為聲目遇之而成色取之無
禁用之不竭是造物者之無
盡藏也而吾與子之所共適
喜而笑洗盞更酌肴核既盡

杯盤狼籍相與枕藉乎舟中
不知東方之既白

あとがき

漢詩文と書の作品を選定する過程で、日本で好まれる漢詩文の書作品が、意外に中国には少ないことがわかりました。日本人と中国人とでは詩文の好みが異なるということでしょうか。したがって、漢詩文愛好者にとってはなじみの詩文が少ないと思うかもしれません。また書の愛好者はもっと名品があるのにと思うかもしれません。しかし、詩文も、書の作品も、どれもすばらしいものですから、両々鑑賞すれば得るものは多いはずです。未知のものが多ければ、より漢詩文・書作品の豊穣な世界に触れることができるというものです。

漢詩文の名作はまだたくさんあります。陶淵明の「飲酒」の他の詩や「帰去来の辞」「五柳先生伝」「桃花源の記」の文、王羲之の「蘭亭の序」などもじっくり読みたい作品です。次の機会には書作品を広く探し、是非とも取り上げたいと思います。

図版の選定と原稿の校閲に二玄社の田中久生氏と仲本純介氏のお手を煩わせました。この場を借りて御礼申し上げます。

平成二十一年八月二十日

著者記す

書人索引

作者索引

著者略歴

鷲野正明（わしのまさあき）

新潟県新発田市生まれ。長岡工業高等専門学校（工業化学科）、大東文化大学（文学部中国文学科）卒業、筑波大学大学院（中国文学専攻）中退。現在、国士舘大学文学部教授。千葉県漢詩連盟会長、全日本漢詩連盟理事。

著書『はじめての漢詩創作』（白帝社）

共著『中国法書ガイド 54 倪元璐集』（二玄社）

『傅山』『鄭板橋』（芸術新聞社）

『徐文長』（白帝社）など。

漢詩と名蹟

二〇〇九年 九 月二五日　初版印刷
二〇〇九年一〇月 五 日　初版発行

著者……鷲野正明（わしのまさあき）
発行者……黒須雪子
発行所……株式会社　二玄社
東京都千代田区神田神保町二－二
営業部　東京都文京区本駒込六－二－一　〒113-0021
電話　〇三－五三九五－〇五一一
装丁……美柑和俊
印刷所……共同印刷株式会社
製本所……株式会社　積信堂

ISBN978-4-544-01161-6　無断転載を禁ず

●精美な印刷と便利な造本、理想の名跡底本！

中国法書選〈全60冊〉

●300×197㎜判・26〜170頁（2色刷）・新装柏綴●各１６００〜２２００円
●全60冊セット＋別冊総索引：９４、１４０円（価格合計の10％割引）

二玄社が書道図書出版の全経験を投入し、
臨書手本として必須の法書、
鑑賞に不可欠の名品を、
中国書道史上の古典名跡から
体系的に精選して60冊に集約編集。
２色刷の精印、
折り返しのできる造本による、
基本法書の決定版。

◆これだけはぜひ学びたいもの

中国書道史三〇〇〇年の数ある名跡の中から、これだけはぜひ学んでいただきたい法書、深遠な書の世界に分け入るためにぜひとも味わっていただきたい名品を、各時代、書体、書法から選び抜き、60冊に集約編集した。

●中国法書選全冊構成　（中国法書ガイドは各６８０円）

①甲骨文・金文〔殷・周・列国〕……２０００円
②石鼓文・泰山刻石〔周・秦〕……１６００円
③石門頌〔後漢〕……１８００円
④乙瑛碑〔後漢〕……１６００円
⑤礼器碑〔後漢〕……１８００円
⑥史晨前碑・史晨後碑〔後漢〕……１８００円
⑦西狭頌〔後漢〕……１８００円
⑧曹全碑〔後漢〕……１６００円
⑨張遷碑〔後漢〕……１６００円
⑩木簡・竹簡・帛書〔戦国・秦・漢・晋〕……１８００円
⑪魏晋唐小楷集〔魏・晋・唐〕……１８００円
⑫王羲之尺牘集〈上〉〔王羲之〕……１６００円
⑬王羲之尺牘集〈下〉〔王羲之〕……１８００円
⑭十七帖〈二種〉〔王羲之〕……１８００円
⑮蘭亭叙〈五種〉〔王羲之〕……１６００円
⑯集字聖教序〔王羲之〕……１６００円
⑰興福寺断碑〔王羲之〕……１６００円
⑱王献之尺牘集〔王献之〕……１６００円
⑲爨宝子碑・爨龍顔碑〔東晋・劉宋〕……２０００円
⑳龍門二十品〈上〉〔北魏〕……１８００円
㉑龍門二十品〈下〉〔北魏〕……１８００円
㉒鄭羲下碑〔鄭道昭〕……２２００円
㉓張猛龍碑〔北魏〕……１６００円
㉔高貞碑〔北魏〕……１６００円
㉕墓誌銘集〈上〉〔北魏〕……１８００円
㉖墓誌銘集〈下〉〔北魏・隋〕……１８００円
㉗真草千字文〔智永〕……１６００円
㉘関中本千字文〔智永〕……１６００円
㉙皇甫誕碑〔欧陽詢〕……１６００円

◆高嶺の花をことごとく収集

台北故宮博物院や三井文庫などの全面的な協力を得て、稀世の墨宝、未公開の新資料の数々を独占出版。

◆拓本・真跡の墨色を鮮かに再現

拓本の立体感あふれる重厚な墨色、真跡の微妙な墨色の濃淡を鮮かに再現。手本として、また鑑賞にも最適。

◆釈文・読み下し文を完備

臨書の利便を考慮し、釈文、読み下し文を各頁図版脇に付した。巻末には平易な解説を掲載して、法書理解の一助としている。

◆折り返しのできる軽装の廉価版

用紙と印刷には贅をつくす一方、造本は手本機能を重視した実用主義に徹し、折り返しのできる、きわめて簡素な軽装版とした。学校、書塾、講習会などにも広く利用できるテキスト。

●〈中国法書選〉全60冊に対応する、必備の姉妹編！

中国法書ガイド〈全60冊〉

A5判・48～72頁●各680円

●全60冊セット：36,720円（価格合計の10%割引）

中国法書選を学ぶとき、知っておきたい基本知識を網羅。各冊を、法書ガイド・周辺ガイド・書法ガイド・釈文で構成。名跡を立体的に把握できるように編集されている。

㉚化度寺碑・温彦博碑［欧陽詢］……1800円
㉛九成宮醴泉銘［欧陽詢］……1600円
㉜孔子廟堂碑［虞世南］……1600円
㉝孟法師碑［褚遂良］……1600円
㉞雁塔聖教序［褚遂良］……1600円
㉟褚遂良法帖集［褚遂良］……1600円
㊱晋祠銘・温泉銘［唐・太宗］……1800円
㊲道因法師碑・泉男生墓誌銘［欧陽通］……1800円
㊳書譜［孫過庭］……1800円
㊴李思訓碑［李邕］……1800円
㊵多宝塔碑［顔真卿］……1600円
㊶祭姪・祭伯・争坐位文稿［顔真卿］……1600円
㊷顔勤礼碑［顔真卿］……1800円
㊸自叙帖［懐素］……1800円
㊹草書千字文〈二種〉［懐素］……1600円
㊺玄秘塔碑［柳公権］……1800円
㊻蘇軾集［宋］……1800円
㊼黄庭堅集［宋］……1800円
㊽米芾集［宋］……1800円
㊾趙孟頫集［元］……2000円
㊿文徴明集［明］……1800円
51 董其昌集［明］……1800円
52 張瑞図集［明］……1800円
53 王鐸集［明］……1800円
54 倪元璐集［明］……1800円
55 傅山集［明］……1800円
56 鄧石如集［清］……1800円
57 何紹基集［清］……1800円
58 呉熙載集［清］……1800円
59 趙之謙集［清］……1800円
60 呉昌碩集［清］……1800円

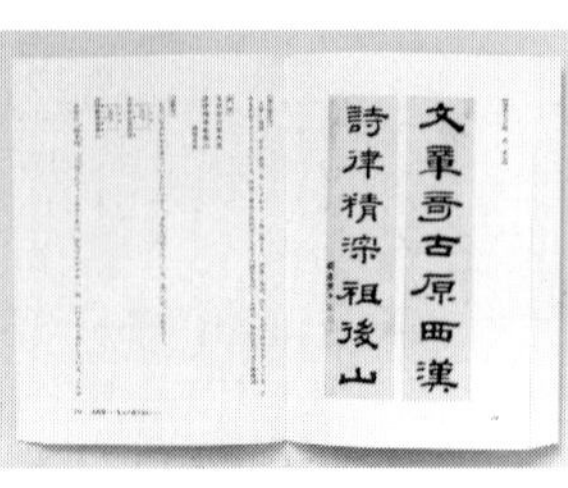

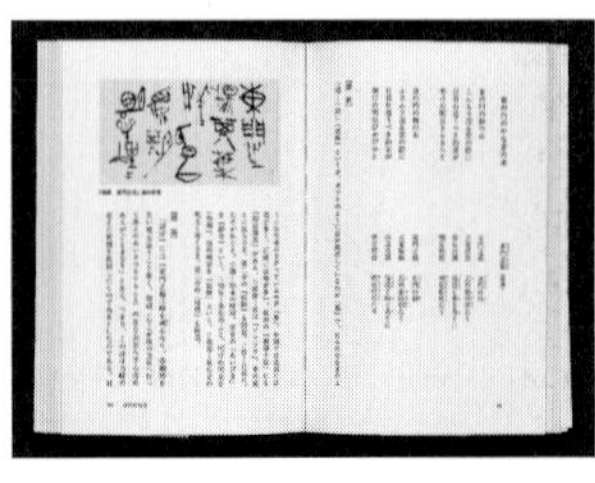

●漢詩・漢文、読解の「コツ」を伝授！

書を学ぶ人のための 漢詩漢文入門

村山吉廣 著

床の間の掛軸や、名所の碑文がスラスラ読めたら……。書を学ぶ者が一度はいだく、そんな思いに応える一冊。基本的なルールを説明した後、さまざまな書作品を題材にして読解のための「コツ」を分かりやすく解説する。コラムも充実、ためになる知識を満載。

A5判・208頁●1600円

●中国最古の詩集『詩経』、格好の入門書！

詩経の鑑賞

村山吉廣 著

中国最古の詩集である詩経の入門書。詩経を読む際に必要な基礎知識を紹介した後、選りすぐりの名詩を鑑賞、さらに同書を典拠とする数々の名言を解説する。詩経は「切磋琢磨」「琴瑟相和す」など人口に膾炙した名言・名句に富むため、墨場必携としても有用。

B6判変型・256頁●1300円